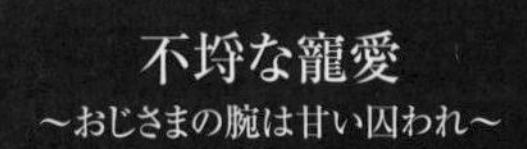

不埒な寵愛
～おじさまの腕は甘い囚われ～

Rin Suzune
すずね凜

Honey Novel

Illustration
KRN

CONTENTS

プロローグ

大陸の西北に位置する大洋に浮かぶ島国ブリアン王国は、名君と謳われる女王が統治している。

自然と資源に恵まれ、円熟した文化と経済で国は繁栄していた。女王の宮殿のある都市部から溢れた人と富は、どんどん郊外に進出している。

首都からほど近い北にある田園地帯コニー・ハッチも、その例外ではなく、鉄道駅が設置されてからは、住宅地開発が進み、多くの新興裕福層が移り住むようになっていた。

だが、街を一歩離れれば、まだまだ豊かな自然が息づいていた。


「スノーティー、こっちにおいで、スノーティー」

コニー・ハッチの新緑の森に、か細い少女の声が響いていた。

年の頃は五、六歳くらいか、少女は一本の大木を見上げ、心細げに佇んでいる。

日の光を弾く柔らかなプラチナブロンド、透明と見まがうほど澄んだ灰色の瞳、雪のように白い肌、整った卵型の顔。

はっとするほど美しい少女だが、洗いざらしの白いドレスはあちこちに黄ばみが浮き、履いている革靴には穴が空いて、身なりはみすぼらしい。

「スノーティー、スノーティー……」

少女は次第にべそをかきはじめた。草地にぺたりと腰を落とし、か細い肩を震わせた。

「――小さな女の子が、森の中でひとりで何をしている？」

ふいに低く艶っぽい男の声が背後から聞こえ、少女はびくりと身をすくめた。

おずおず振り返ると、木立の間からすらりとした長身の青年が姿を現した。

「っ――」

少女は驚いて息を呑んだ。

少し長めの艶やかな黒髪をラフに掻き上げ、知的な額、切れ長の青い目、高い鼻梁。ギリシア彫刻のように整った美貌に、細身だが引きしまった肉体をオーダーメイドらしい高級なダークスーツに包んでいる。

少女が口をつぐんでいると、青年は数歩近づいてくる。

彼は目の前に立つと、こちらをまじまじと見て、息をかすかに呑んだようだ。

「迷子かな？」

近くで見ると、思った以上に背が高い。だが、若々しい明るい雰囲気で、彼に威圧感はなかった。

少女は首を振った。

「ううん……スノーティーが逃げてしまったの」

「スノーティー？」

少女は右手に提げていた鳥籠を差し示した。扉が開いている。

「白い小鳥なの。おばあさまに無理を言って、やっと手に入れてもらったの。大事に面倒をみていたのに……私、うっかり扉を開けてしまって……」

少女が大木の上のほうを指差した。

青年が少し目を眇めて見上げる。

生い茂った新緑の葉の間に、高い梢に止まった白い小鳥の姿が見え隠れしている。

青年が合点がいったようにうなずいた。

「そうか、小鳥を探していたんだね」

少女はこくりと首を振り、くすんと愛らしく鼻を鳴らした。

「でも、届かないし……呼んでも来ないの」

「わかった、私に任せなさい」

青年が長い腕を高々と伸ばした。いくら彼が長身でも、遥か上の梢に止まっている小鳥には手が届かない。少女はきょとんとして、青年の様子を見つめていた。

青年は片手を伸ばしたまま、意思の強そうな口元を窄めた。

ピィピィと綺麗(きれい)な口笛の音が発せられる。

その口笛が小鳥の囀(さえず)りそっくりで、少女は目をぱちぱちさせた。

青年は誘うような優しい調子で口笛を吹き続ける。

梢の上の小鳥が、首を傾げてその音に聞き入っている。

と、ふいにふわりと小鳥が舞い降り、一直線に青年の伸ばした指先に止まった。

「あ……！」

少女は思わず声を上げそうになり、慌(あわ)てて両手で口を塞(ふさ)いだ。

青年は口笛を続けながら、ゆっくりと手を下ろす。

白い小鳥は大人しく指に留まったままだ。

青年が目で合図したので、少女は鳥籠を差し出した。

青年が開いた扉の側(そば)に指を近づけると、小鳥はすんなりと籠の中に入った。青年がそっと扉を閉める。

「ああ、スノーティー！」

少女は感激のあまり、鳥籠を抱きしめた。

それから、感謝でキラキラ光る目で青年を見上げる。

「ありがとう、ありがとうございます！　紳士さま！」

青年は眩(まぶ)しそうに少女を見下ろした。

「私は　アルヴィンだ。アルヴィン・アッカーソン侯爵だ」

少女は鳥籠を草地に下ろすと、綺麗な所作で立ち上がり、一礼した。その一連の動作は、貴族の娘としてのしつけが行き届いている。

「失礼しました。私は、クラリスです。クラリス・ヘストンといいます。森の側のお屋敷で、おばあさまと二人暮らしなの」

「——クラリス」

アルヴィンは少女の名前をそっと口の中でつぶやく。彼はなにかひどく懐かしいものを見るような眼差(まなざ)しで、しばらくクラリスを見つめていた。

それから、ふっと我に返ったように目をしばたたいた。

「小鳥が捕まってよかった——では、私はもう行くよ」

アルヴィンの長い腕が伸び、クラリスの頰に涙で張りついた後(おく)れ毛をそっと撫(な)でつけた。

そのひんやりした指の感触に、幼いクラリスの心臓がなぜか跳ね上がった。

アルヴィンは背を向けて木立の向こうに姿を消した。

クラリスはぼうっとその後ろ姿を見送っていた。

(あんな美しくて素敵な男の人がいるなんて、嘘みたい——もしかしたら、この森の妖精の王子さまだったのかも……)

まるで魔法のように小鳥を呼び寄せてくれた姿が、頭の中に焼きついている。

（今日のことは、私だけの秘密にしよう……知らない男の人と会ったなんておばあさまに話したら、きっと心配なさるだけだもの）

森を抜けてすぐのところに、こぢんまりした屋敷への道をたどった。

クラリスは鳥籠を抱えると、ゆっくり屋敷への道をたどった。

森を抜けてすぐのところに、こぢんまりしたカントリーハウスが建っている。

格式は高そうな建物だが、手入れが悪く荒んだ感じが拭えない。

クラリスは重い樫の木のドアを開け、玄関口に入っていった。

屋敷の中は窓拭きをしていないので、採光が悪く薄暗い。カーテンも古くぼろぼろになっている。床や階段のあちこちに、埃が溜まっている。

この屋敷のメイドは、足の不自由な年取った乳母だけだ。

「おばあさま、ただいま」

クラリスは、廊下の一番奥の部屋のドアをノックした。

軋むドアを開けると、少し黴臭い寝室のベッドに祖母が横たわっている。祖母は長の病で寝たきりなのだ。

クラリスが足音を忍ばせて近寄ると、祖母がうっすらと目を開けた。彼女は辛そうに、半身を起こした。

「クラリスかい？」

掠れた弱々しい声だ。

「はい、おばあさま。森で綺麗なお花を摘んできたの。飾ってあげる」

クラリスは枕元の小卓の上の花瓶を取り上げた。

祖母が咳をしたので、クラリスは素早く側に寄り、痩せ細った背中を撫でた。

「大丈夫、おばあさま？　お医者さまを呼びますか？」

心配げに覗き込む孫娘に、祖母は首を振った。

「いいえ、平気よ。クラリスお前は優しい子だね」

ふいに祖母は目に涙を浮かべ、細い両手でクラリスをぎゅっと抱きしめた。

「ああ——可哀想に。息子夫婦が事故で早死にして、我がヘストン家はすっかりおちぶれてしまって……私が死んだら、愛しいお前はどうなってしまうのだろう」

クラリスは震える祖母の肩に優しく抱きつく。

「おばあさま、そんな悲しいことを言わないで。きっと病気は治って、元気になられますから……」

「可愛いクラリス……神様のご加護がお前にありますように」

祖母は何度もクラリスのふっくら柔らかな頬に口づけを繰り返した。

その晩、祖母の寝室の隣の小さな次の間のベッドの中で、クラリスは一心に祈っていた。

（どうか、おばあさまが早くお元気になりますように……そうして、いつまでも幸せに暮ら

せますように）
ふっと頭の中に昼間出会ったアルヴィンの姿が浮かんだ。
（それと――森の王子さまに……また会えますように）

週末のことだった。

その日もクラリスは森に出かけていた。

本来なら伯爵家の娘として、家庭教師がついて勉強する年頃だ。だが、家計が逼迫しているヘストン家では、家庭教師を雇う余裕もなく、祖母が体調がよければ読み書きを教えてくれる程度だ。大抵はひとりぼっちのクラリスは、乳母にサンドイッチやビスケットなどを包んでもらい、お気に入りの絵本とスノーティーの入った鳥籠を抱えて、森で過ごすことが多かった。

「スノーティー、今日はあなたが王宮にお呼ばれした王子さまで、私がお相手をするお姫さまね」

お昼どきになり、クラリスは草地にナプキンを拡げ、数枚のビスケットを綺麗に並べた。

こうやって、小鳥相手にごっこ遊びをするのが常だった。

「お茶はなにになしましょうか、王子さま？　アッサムかダージリンがよろしい？　お砂糖は幾つ入れますか？」

架空のティーカップに架空のティポットでお茶を注ぐまねをしていると、突然、滑らかなバリトンの声がした。

「私も、姫のお茶会にお呼ばれしていいかな？」

クラリスは驚いてきゃっと声を上げてしまう。

いつの間にか、目の前にアルヴィンが立っている。

今日の彼は、上着は脱いで白いシャツにクラヴァットを緩めに結び、少しくだけたスタイルがまた粋に見える。彼は片手に大きめのバスケットを下げている。

クラリスは白昼夢でも見ているのかと、返事もできずに目を丸くしていた。

アルヴィンはさっと草地に腰を下ろした。

「ここに来れば、また君に会えると思ってね」

彼はバスケットの蓋を開けアーガイル模様の大きな敷物を広げると、その上にバスケットから取り出したものを次々と並べていった。

パンにスコーンにバターにジャムの瓶、各種のハムとチーズ、チキンやポークのパイ、レモンケーキとパウンドケーキ、桃やリンゴ、瓶詰めの水やスモール・ビールｅｔｃ――。

本物の陶器の食器やガラスのグラスも揃っている。

普段慎ましい食事を強いられているクラリスからすればちょっとした晩餐のようで、唖然として見ていた。

すべてをきちんと並べ終えたアルヴィンが、にこやかに言う。

「さあ、姫、お好きなものをお取りしましょう」

クラリスは思わず生唾(なまつば)を呑み込んだ。

食べ物はどれもこれもよい素材を使っているらしく、いい匂いで見るからに美味(おい)しそうだ。

だが、彼女は首を振った。

「いいえ。知らない人から施(ほどこ)しを受けてはなりません、っておばあさまから厳しく言われているの」

幼い少女の凛(りん)とした態度に、アルヴィンは感銘(かんめい)を受けたような表情になる。

「そうか――でも、君と私はもう名乗り合った仲だ。それに、これは施しなんかじゃないよ。私は、君と食事をしたくて来たんだから」

クラリスはかすかに頰を赤らめる。

「私と？」

「そうだよクラリス」

胸がむやみにどきどきした。

いつも眠る前に、もう一度会いたいと祈っていた森の王子さまが、今目の前にいるのだ。

アルヴィンは皿を取ると、料理を取り分けて銀のフォークを添えて差し出した。

「さあ、遠慮しないでお召し上がり下さい、姫」

その一連の動作があまりにスマートで、クラリスは胸がきゅんと締めつけられた。

おずおずと手を伸ばして皿を受け取り、香ばしく焼けているポークパイを一口頬張る。

「美味しい!」

頬っぺたがじんと痛くなるほど、美味だった。

それからはもう夢中で、クラリスは次々と料理を平らげた。

アルヴィンはシェリー酒のグラスを舐めながら、クラリスの幼く健康な食欲を微笑ましそうに見ている。彼女の皿が空になると、さりげなくお代わりの皿を差し出してくれる。

もう一口も入らないほど食べ尽くし、最後にグラスに注がれたレモン水をごくごくと飲み干すと、クラリスはほうっと至福のため息をついた。

「ああ……ほんとうに美味しかった」

飽食疲れでぼんやりしているクラリスの表情を、アルヴィンは黙ってにこやかに見つめている。

はっと我に返ったクラリスは、居ずまいを正してアルヴィンに一礼した。

「あの――ほんとうにごちそうさまでした。こんなに美味しい食事をいただいたのは、ずいぶん久しぶりで……ちょっと食べすぎてしまいました」

恥ずかしくて頬を染めてうつむくと、アルヴィンのしなやかな指が伸びてきて、クラリスの頬にかかった後れ毛をそっと掻き上げた。

「私こそ、姫と食事ができてとても楽しかった」

クラリスはどぎまぎしながら顔を上げた。

アルヴィンがなにか考え深そうな表情をした。

「君は、いつもここでひとりでいるのかい？」

クラリスはこくんとうなずく。

「私は家庭教師もいないし、おばあさまの具合が悪いからお屋敷では静かにしていないといけないし、お外で遊んでいるほうがいいの」

アルヴィンが痛ましげに目を細めた。

「いつも、ひとり？」

クラリスはいじらしく笑った。

「ううん、スノーティーがいつも一緒よ。それに、想像のお友だちはいっぱいいるの。森の妖精でしょ、王子さまでしょ、魔法使いでしょ――」

アルヴィンは、木陰に立てかけてあった、読み古してぼろぼろになったクラリスの絵本に目をやる。

「そうか――では、そのお友だちに、私も入れてくれるかい？」

クラリスは心臓が跳ね上がった。

「侯爵さま、が？」

アルヴィンがうなずく。

「うん。私も首都（コルディ）での仕事が忙しいので、ここには週末しか来れないかもしれないが、また君のお相手をしたいな」

胸が躍（おど）る。

「嬉しい……です」

「そうか、では決まりだ」

アルヴィンは広げたものを手早くバスケットに片付けると、ズボンを払いながらゆっくりと立ち上がった。彼は握手の手を差し出す。

「次の週末は、なにか新しい絵本を持ってきてあげよう」

「ええっ？　ほんとうですか！　ああ、楽しみにしてます！」

クラリスは、思わず両手でぎゅっとアルヴィンの手を握った。大きな彼の手は、クラリスの両手を優しく包み込んだ。

「では、また」

彼はゆったりと歩き出す。

そののっぽの後ろ姿に、クラリスは声をかけた。

「侯爵さま、きっとまた来てね！」

アルヴィンは背中を向けたまま、軽く手を振った。

クラリスは木立の中にその姿が見えなくなるまで、ずっと見送っていた。


それから毎週末、アルヴィンは必ず森にやってきた。

その都度、絵本やら美味しいランチやら新しい読み書きノートなどを持参し、クラリスに与えてくれた。二人はゆっくり食事をし、一緒に絵本を読んだり、追いかけっこやかくれんぼをして遊んだ。

雨の日は、森の側に停めたアルヴィンの馬車の中で、カードやボードゲームに興じた。

今までも森で遊ぶことが大好きだったが、クラリスはそれ以上にアルヴィンと過ごす時間を待ち焦がれるようになった。

もの心つく前に両親を失ったクラリスは、父親の記憶がない。

幼いクラリスは、アルヴィンに父の面影を重ね、あるときは兄のように慕った。

なぜ首都住まいのアルヴィンが、わざわざ週末の時間を馬車を飛ばしてクラリスに会いに来てくれるのか、幼心にも不思議に思うときもあった。

その疑問を素直に口にすると、アルヴィンは柔らかく微笑んでクラリスの頭を撫でながらこう言った。

「私は、君といるのがとても楽しいんだ。クラリス、君は迷惑かな？」

クラリスはなにか身体のどこか奥のほうが、じんと熱くなるのを感じた。

首をぶんぶん振ってきっぱりと答えた。

「いいえ、いいえ。私も侯爵さまといるのが、とっても楽しいです」

アルヴィンが白い歯を見せて笑う。

「それならば、問題ない」

クラリスも弾けるような笑顔を浮かべた。

アルヴィンがわずかにせつなそうに目を眇めた意味は、わからなかった。


だが、幸福な時間は短かった。

年の暮れ、寒さが強まった朝、大事に飼っていた小鳥のスノーティーが、止まり木から落ちて冷たくなっていた。

クラリスが小鳥の死を悼む間もなく、その日の夜、祖母の容態は急変した。

風邪をこじらせ肺炎を起こした祖母は、わずか一晩で還らぬ人となってしまったのだ。


「おばあさま！　おばあさま！　私をひとりにしないで！」

夕暮れの木枯らしが吹き荒れる墓地の片隅で、真新しい小さな墓標の前に頽れ、クラリスは泣きじゃくっていた。

たったひとりの身内を亡くしたクラリスは、孤独と絶望感に打ち拉がれていた。

幼い肩を震わせているクラリスの背後には、喪服姿の男女が数人立っている。

彼らは皆、数少ないクラリスの遠縁であった。

「あの娘、どうするんですか？」

「うちはヘストン家とは、もう二十年来付き合いがないんですよ」

「あら、それを言うなら我が家だって、こちらとはほとんど交流がなくて」

「うちは子だくさんで、遠縁の子どもを引き取る余裕などない。ヘストン家には負債しか残っていないではないか、我が家になんの益(えき)もない」

彼らはクラリスの背後で、声を潜(ひそ)めることもせず無神経な会話を続けていた。

「首都(コルディ)には幾つも孤児施設があるようだし、そこに預けたらいいのでは？」

「そうですわね、それがよろしいわ」

「うむ、それがいい」

クラリスは泣きじゃくりながら、大人たちの無慈悲(むじひ)な会話を聞いていた。

（――私、もうどこにも行くところがないんだ……スノーティーもいない……おばあさま、おばあさま、私も死んでしまいたい！）

冷たい遠縁に引き取られるのも、見知らぬ孤児施設に預けられるのも、ぞっとするほどいやだった。それくらいなら、今すぐここで息絶えてしまいたいほどだった。

遠縁たちの相談はまだ続いていて、彼らはクラリスを早急に孤児施設に送る手続きをしようということで、意見が一致したようだった。

背後から遠縁の男のひとりが声をかけてくる。

「クラリス、いつまで泣いていてもお祖母さんは戻ってこないよ。そろそろ、引き上げよう」

クラリスは振り向かずにいやいやと首を振った。

「まだここにいます！」

つかつかと歩み寄ってくる足音がしたかと思うと、乱暴に腕を摑まれて引き立たせられた。

「あっ……」

痛みに悲鳴を上げる。

腕を摑んだ太めの中年紳士は、冷酷に言う。

「これ以上、私たちに面倒をかけるのでない！　葬式を出してやっただけでも、ありがたく思うんだ。さあ、来なさい！」

引き摺られるように歩かされる。

クラリスは必死に声を張り上げた。

「いや、いや！　どこにも行きたくない！　離して、離して！」

「——では、私と一緒に来るかね？」

低く艶やかな美声が墓地に響いた。

クラリスの腕を摑んでいた紳士は、ぎょっとしたように動きを止めた。

クラリスもはっと泣き濡れた顔を上げる。

墓地の入り口に、喪服姿のアルヴィンが立っていた。手に白い百合(ゆり)の花束を提げている。

遠縁の者たちは声を呑んで彼を見つめた。

アルヴィンはしなやかな足取りでこちらに近づいてきた。

上等な仕立ての喪服は、まるで礼装にようにアルヴィンの美しさを引き立てている。

中年の紳士が、気圧(けお)されたようにクラリスの腕を離した。

クラリスは腕を擦りながら、アルヴィンを見上げた。

「侯爵さま……」

アルヴィンは痛ましげに目を眇めた。

「遅くなってすまなかったね。君のおばあさまのことを新聞の訃報(ふほう)欄で知り、急いで駆けつけてきたのだが――お気の毒に。君もどんなに力を落としたことだろうね」

クラリスは思い遣(や)り深いアルヴィンの声に、再び涙が溢れてくる。

「あなたは、どなただね？　ヘストン家の知り合いかね？」

中年の紳士が、気を取り直したように疑り深い声を出す。

アルヴィンは彼のほうを向き、礼儀正しく答える。

「その通りです」

彼はそのまま紳士の脇をすり抜け、祖母の墓標の前に花束を供えると、頭を垂れて黙祷した。

その美しい立ち姿に、その場の一同が思わず見惚れてしまったほどだ。

しばらく祈りを捧げてから、アルヴィンはおもむろに振り返った。

「私は、アッカーソン侯爵と申す者。クラリスの引き取り手をお探しなら、私が引き受けよう。彼女の後見人として、責任を持って面倒をみるつもりだ」

遠縁の者たちは唖然とし、それから表情を緩めて顔を突き合わせてひそひそ話を始めた。

「何者なの？　本気かしら？」

「しかし、人品卑しからぬ男に見えるぞ」

「これは、渡りに船ではないか？」

彼らの会話など聞こえぬそぶりで、アルヴィンはじっとクラリスを見つめた。そして、慈愛に満ちた声で言う。

「クラリス、私と来るかい？　首都の私の屋敷で、一緒に暮らそう」

クラリスは胸が熱くなり、気がつくと中年の紳士を押しのけ、アルヴィンに向かって駆け出していた。

「侯爵さま！」

アルヴィンが両手を広げて、飛び込んでくるクラリスを抱きとめた。

彼は軽々とクラリスを抱き上げる。

クラリスは引きしまったアルヴィンの首に両手を回した。

「行きます！　侯爵さまと一緒に……連れて行って！」

涙に濡れた頬をアルヴィンの硬い頬に擦りつけ、啜(すす)り泣いた。

「そうか――わかった」

アルヴィンは震えるクラリスの背中を優しく撫でながら、耳元でささやく。

「もう、なにも心配はいらないよ」

それから、彼は遠縁の者たちのほうを向き、静かだが威厳のある態度で言った。

「では、私がこの子を引き受ける。あなたたちに異存はなかろう？　なにか不服があれば、いつでも首都(コルディ)のパル・マル街にあるアッカーソンの屋敷へ来るがいい」

言い終えると、アルヴィンはクラリスを抱きかかえたままくるりと踵(きびす)を返し、歩き出す。

遠縁の者たちは、誰も呼び止めも追いかけもしてこない。

クラリスは、アルヴィンの胸元に顔を埋め、彼が身に纏(まと)っている南国の花のような甘いオーデコロンの香りを胸いっぱいに吸い込んだ。

不思議と恐怖も不安もなかった。

「怖くはないよ、クラリス。私は君を世界一幸せにしてあげる」

まるでクラリスの心の中を読んだように、アルヴィンがささやいた。

クラリスは潤(うる)んだ目で彼を見た。

「ちっとも怖くないわ、侯爵さま。だって、おばあさまが亡くなられた今、私は侯爵さまがこの世で一番好きだもの」

アルヴィンが面映(おもは)ゆそうな表情になる。

「そうか——君はほんとうに健気(けなげ)で可愛い」

クラリスは微笑んだ。花が咲くような笑顔だ。

「ずっと、一緒にいていいの？」

アルヴィンがまっすぐに視線を合わす。

「ずっと一緒だ」

クラリスは嬉しくて胸がいっぱいになり、ぎゅっと彼に抱きついた。

第一章　芽吹く日々

祖母の死や葬式で疲れ果てたクラリスは、馬車の中でアルヴィンの膝の上に頭を載せて、うとうとしていた。

一時間あまりも馬車に揺られていただろうか、おもむろにアルヴィンが背中を軽くとんとんと突ついた。

「クラリス、コルディに入ったよ」

「……ん、はい」

目を擦りながら起き上がり、窓から外を覗いてみる。

「わ——すごい……」

辻馬車や荷馬車がひっきりなしに行き交い土埃の舞う広い道路の両側には、商店やオフィスの高い建物がびっしり立ち並び、石畳の歩道を大勢の人々が歩いている。

今まで、大抵森の中でひとりで過ごし、祖母と乳母としか接してこなかったクラリスの目には、活気に満ち溢れる街の様子は、まるでお祭り騒ぎのように見えた。

「街は騒がしく危険も多いから、けっしてひとりで出歩いてはいけないよ」

目を丸くして通りを眺めているクラリスに、背後からアルヴィンが言い聞かす。

「はい」

返事はしたものの、もとより見知らぬ街をひとりで歩けるわけもない。

馬車は混雑したチープサイド通りを抜け、閑静な住宅街へ入った。

「もうすぐ私の屋敷だ。君の新しいおうちだよ――そら、そこだ」

立ち並ぶ屋敷は皆豪華で、クラリスにはお城のように見えたが、アルヴィンが指し示した屋敷は、ひときわ立派だった。

大理石でできた白亜の豪壮な屋敷だ。ギリシア風の白い柱で支えられた広い玄関口の前に、馬車は停止した。

「さあ、おいで」

先に馬車を出たアルヴィンが、クラリスの腰を抱えてひょいと地面に下ろしてくれる。

彼に手を繋がれ、どきどきしながら広いアプローチ階段を昇っていくと、待ち受けていたらしい門番が、

「お帰りなさいませ、旦那さま」

と一礼し、恭しく重厚な胡桃材のドアを開けてくれた。

玄関ホールに入ると、あまりの広さと天井の高さ、そして豪奢さに目がちかちかした。

精緻なフレスコ画が描かれた壁面、ドーム型の高い天井、そこから下がる金とクリスタル

の大きなシャンデリア、ステンドグラスの高い窓、床はぴかぴかに磨かれた大理石。

薄暗く埃にまみれた屋敷で暮らしてきたクラリスは、まるで王さまのお城にでも案内されたかのような気持ちだった。

口をぽかんと開けて立ち尽くしていると、アルヴィンに軽く手を引かれて促された。

「クラリス、今日から君の面倒をみてくれるメイドたちを紹介しよう」

ホールの中央階段の前に、清潔な制服に身を包んだ数名のメイドたちが立っている。全員きちんとして有能そうだ。

「皆、今日からこの屋敷で私を暮らすことになったクラリス・ヘストン嬢だ。私の身内だと思って、心を込めて仕えてくれ」

最年長らしいメイドのひとりが進み出て、礼儀正しく挨拶をする。

「旦那さまのご連絡を受けて、お待ち申し上げておりました。お嬢さま。よろしくお願いします」

他人との接触に慣れていないクラリスは、怯えてアルヴィンの袖に縋りついた。

「まず、入浴させて綺麗な服に着替えさせ、美味しいものをたっぷり食べさせてやってくれ。取りあえず、二階の私の寝室の隣の客間で休ませよう。明日には彼女のための部屋を南側に整えるように」

アルヴィンはてきぱきと指示を出す。それから、彼はクラリスの頭を撫でながらあやすように言う。

「うちの使用人たちは皆優しくて気が利くからね、遠慮しないでなんでも望みを言うがいい――明日、食堂で会おう」

アルヴィンが立ち去りそうな気配に、クラリスはますます強く彼にしがみつき、消え入りそうな声を出す。

「いや……侯爵さま、行かないで……」

爪が食い込むほど強く袖を握られ、アルヴィンははっとした顔になった。

「――クラリス。君は大事な人を亡くしたばかりだったね。すまない――いきなり知らない場所に連れて来られて、どんなに心細いか、思い遣れなかった」

彼はメイドたちに顔を向け、

「入浴だけは君たちですませてやってくれ。食事は客間に運んでくれ――クラリス、私は浴室の外にいるから、メイドたちにお風呂に入れてもらおうね」

アルヴィンが付き添ってくれるらしいとわかり、クラリスはほっとしてうなずいた。

螺旋階段を、アルヴィンと手を繋いで上がり、廊下の奥の客間に入る。

立派な大理石の暖炉と精緻な装飾を施された黒檀の調度品が並んでいる居間、寝室は別室で、大人が何人も並んで寝られそうなほど広い天蓋付きのベッドがある。寝室の奥が、浴室と洗面室だ。

白いタイル張りの明るい浴室は、金張りの浴槽にお湯の出るシャワーがついていた。

メイドたちは、薔薇の香りのするシャボンでクラリスの身体を丁重に洗ってくれた。それまで、台所のホウロウの盥で湯浴みする程度だったクラリスは、ふんだんにお湯を使った入浴に目を丸くする。

浴室のドアの外から、ときどきアルヴィンが声をかけてくれた。

「お湯は熱くないか？」「耳の後ろまで綺麗に洗ってもらうのだよ」

彼の艶めいた低い声は、温かいお湯といい匂いのシャボンよりもクラリスの気持ちを解してくれた。

入浴をすませ、メイドたちに髪を梳られふわふわの新品のガウンを着せられ、居間に連れて行かれた。

上着を脱いでソファに座っていたアルヴィンが、湯上がりのクラリスを見て微笑む。

「ああ、ぴかぴかになったね。頬もピンク色になった。ガウンは一番小さいサイズを探させたのだが、ちょっと君には大きいな。今夜だけ、我慢してくれ。明日朝一番で、デパートにぴったりのドレスを買いに行かせよう。さあ、食事にしよう。おいで」

ソファの前の大理石の大きなテーブルの上には、すでに湯気の立つ料理が並んでいた。

クラリスはおずおずとアルヴィンの横に腰を下ろした。

アルヴィンはほかほかのオムレツの皿を手に取ると、銀のフォークで掬いながら言う。

「今日は特別に、お姫さまに食べさせてあげよう。さあ」

口元にフォークを運ばれ、クラリスはああんと大きく口を開いた。

バターをたっぷり使っているらしいふわふわのオムレツは、口の中で淡雪のように蕩(とろ)けた。

「美味しい！」

口元を綻(ほころ)ばせてアルヴィンに微笑むと、彼は満足げにうなずいた。

「よかった。ほら、元気をつけるためにいっぱいお食べ」

アルヴィンは、今度は焼きたての白パンを千切(ちぎ)って口に押し込んでくれる。

クラリスはせっせと口を動かした。こんなふうに赤ちゃんみたいにアルヴィンに甘やかされるのが、嬉しくてならない。

今までは病気がちな祖母の前では、年以上にしっかりした振る舞いをしていたからだ。

もう誰に憚(はばか)ることなく子どもらしくしていいのだと思うと、胸がきゅんと甘く踊る。

お腹いっぱい食べさせてもらい、アルヴィンにだっこされて寝室に運ばれる。

クラリスを大きなベッドに横たわらせると、アルヴィンは柔(やわ)らかな羽布団を肩までかけてくれ、頬を優しく撫でた。

「さあ、ゆっくりお休み」

「侯爵さま……ありがとうございます……いろいろ。お世話になって……」

満腹になり眠気が襲ってきたクラリスは、ぼうっとした声を出す。

頬を撫でているアルヴィンの大きな手に、そっと自分の小さな手を重ねきゅっと握る。

「いいんだよ――私も、可愛いクラリスとずっと一緒にいられるのが、とても嬉しいんだから」

深みのある声が徐々に遠のいて、クラリスはすうっと眠りに落ちた。


恐ろしい夢を見た。

クラリスは真っ暗な首都(コルディ)の通りをひとりで歩いている。

昼間、あんなに混雑していた道路に、なぜか馬車も通行人も誰ひとりいない。ひたひたと自分の足音だけが虚(うつ)ろに響く。

「誰もいないの？　おばあさま？　スノーティー？　どこ？」

クラリスは声を嗄(か)らして呼んでいるつもりなのに、わずかに絞(しぼ)り出すようなしゃがれた声しか出せない。

「誰もいないの？　誰か？　怖い、怖いの！」

クラリスはべそをかきはじめる。

いくら泣いても、誰も来ない。

とうとうクラリスは泣き叫んだ。

「いやぁあああ！」

「クラリス？」

肩を揺さぶられ、はっとして目が覚めた。

枕元に、ガウン姿のアルヴィンが覗き込むようにして立っている。枕元の小卓の上の銀の燭台に、火が点っていた。

「侯爵さま！」

クラリスは夢中で彼にしがみついた。ほんとうに泣いていたらしく、頬が濡れている。

アルヴィンはひょいとクラリスを抱き上げ、ぽんぽんと軽く背中を叩いてくれる。

「怖い夢でも見たか？　私の寝室まで君の悲鳴が聞こえてきた」

クラリスは啜り泣きながら、こくこくと首を振った。

「怖かった……誰もいないの……暗くて寂しくて……」

アルヴィンは湯上がりだったのか、柔らかな黒髪がわずかに湿っていてシャボンのいい香りがしていた。

「私がいるだろう？　クラリス。もう君はひとりぼっちじゃない」

アルヴィンがそっとベッドに戻そうとしたので、クラリスは思わず力任せにしがみついてしまう。

「いや、いや！　ひとりはいや！」

アルヴィンが愛おしげに背中を撫でる。

「いい子だ。ひとりにしないから」

彼はクラリスをベッドに下ろし、自分も側に横たわった。

引きしまった腕が、頭の下に差し込まれた。

アルヴィンは掛け布団を引き上げ、腕枕にした手でそっとクラリスの髪を撫でた。

「隣にいるから——安心して休むんだ」

彼の温もりに、身体の強ばりも夢の恐怖もみるみる消えていく。アルヴィンの胸に顔を埋め、深いため息をついた。

「ほんとうにどこにも行かない？」

「朝まで一緒にいるよ」

「嬉しい……侯爵さま……」

眠気が襲ってくる。

「侯爵さまは、やめてくれ。もう私たちは家族だからね」

クラリスはぼんやりとした頭で考える。

お父さま？　お兄さま？

どれも違う気がした。考えつかず、ぽそりとつぶやく。

「おじさま……」

アルヴィンがかすかに苦笑したような気がした。

「幼い君から見れば、二十代の私もおじさまのようなものか。まあ、それでいいよ」

クラリスは安堵した。

「お休みなさい、おじさま」

「お休み、私の天使。今度はよい夢を見るんだよ」

彼の唇が、ちゅっと額に押しつけられた。

その柔らかな感触が最後の記憶で、クラリスは今度は夢も見ず、こんこんと深い眠りに落ちたのだった――。


こうしてクラリスはアルヴィンと暮らすことになった。

新しい環境のせいか、クラリスは寝つきが悪く、アルヴィンと一緒でないと安眠できなかった。いつの間にか、クラリスはアルヴィンの寝室で彼のベッドで共に休むようになった。

アルヴィンはアルヴィンで、クラリスのことはなんでも自身でやりたがった。

絵本を読み聞かせるのも、礼儀作法や勉強を教えるのも彼の役目になった。

アルヴィンは驚くほど教養が深く、優しく寛容にクラリスを教育してくれた。

デパートへ買い物に行くときや観劇に出かけるときも、必ずアルヴィンが付き添った。

クラリスはアルヴィンの鉄壁の庇護のもと、すくすくと成長した。

クラリスが特に忘れられない思い出は、アルヴィンの屋敷に来て一年経った、早春の朝のことだ。

早朝、アルヴィンのベッドでふっと目覚めると、いつも寄り添って寝ているはずの彼がいない。

「おじ……さま？」

まだ眠い目を擦りながら、急いでベッドから飛び降りた。

寝間着にガウンを羽織って、彼の姿を探して階下へ下りる。

早起きな使用人たちの姿も見当たらず、不安に胸をどきどきさせながら食堂の扉を開けると、食堂は壁面も床も、ピンクの薔薇で埋め尽くされていた。

「わあ……！」

食堂中が、薔薇の甘い香りに満ちている。驚いて立ち尽くしていると、ふいに厨房に通じる奥の扉が開き、使用人たちが手に手に贈り物の包みを掲げて入ってきた。

「お誕生日、おめでとうございます！　クラリスさま！」

料理人たちが、巨大なピラミッドのようなバースデーケーキを担いで現れる。

「すごい……！」

今の今まで、自分の誕生日のことをすっかり忘れていた。

祖母と暮らしていた頃は、貧しいせいもあり、誕生日はごくごくささやかなものだったからだ。

長いオーク材のテーブルの上に積み上げられていく贈り物の包みを呆然(ぼうぜん)と見ていると、最後にきちんと礼装したアルヴィンが姿を現した。

後光が射したかと思うほど美しく神々(こうごう)しい彼の姿に、クラリスは見惚(みと)れてしまう。

「誕生日おめでとう、クラリス。そして、我が屋敷に君が来てから一年のお祝いだ」

アルヴィンが眩(まぶ)しい笑顔を浮かべる。

「こちらにおいで。私から君への贈り物だよ」

手招きされ、胸をときめかせながら近づく。

彼は手に提(さ)げていた大きな鳥籠を差し出した。

「ほら」

中には、頭に見事な羽飾りを付けた真っ白なオウムがいる。

「きゃあ、可愛(かわい)い！」

動物が大好きなクラリスは歓声を上げた。

くりくりした愛らしい目のオウムは、クラリスを見上げると小首を傾げて、ひと言鳴いた。

「ワタシノテンシ(マイエンジェル)」

それはアルヴィンがクラリスを愛情を込めて呼ぶときの言葉だ。

「すごい！　しゃべるのね！」

クラリスは興奮して頬を染めた。

「オウムはとても長生きだからね。君が大人になっても、ずっと一緒にいられるよ」

アルヴィンの言葉に、クラリスは胸がじんとした。

両親を早くに亡くし、大事にしていた小鳥とたったひとりの身内の祖母を失ったクラリスには、自分が愛しいと思うものはすぐに失われてしまうという恐怖があった。

アルヴィンの「ずっと一緒だ」という言葉は、孤独なクラリスの心をどんなにか救ってくれただろう。

「嬉しい――おじさまありがとう！　大事にします！」

クラリスはアルヴィンの首に抱きつき、すべすべした頬を彼の頬に擦りつけた。

アルヴィンは面映（おもは）ゆげに微笑み、ぎゅっと強く抱き返してくれた。

こんなに幸せな誕生日は、生まれて初めてだった。

クラリスは白いオウムに「プリンス」と名付け、可愛がった。

プリンスは頭がよく、人間の言葉をよく覚えた。

クラリスが最初に教えた言葉は、

「オジサマ、ダイスキ」

だった。

あれは、クラリスが十歳になった夏のことだった。

アルヴィンは地方の領地の視察に、二、三日屋敷を空けていた。

留守番のクラリスは、プリンスの入った籠を提げて屋敷の広い庭を散策していた。

幼いときからひとり遊びには慣れている。

木立の陰に、アルヴィンが設(しつら)えてくれた白いブランコがある。

そこに揺られながら、夢想に耽(ふけ)るのが好きだった。

クラリスは足元に鳥籠(とりかご)を置くと、ブランコに腰を下ろしぼんやりと揺らしていた。

（おじさまは、今頃どの辺りにおられるかしら……）

気がつくと、アルヴィンのことばかり考えている。

今のクラリスにとっては、人生のすべてはアルヴィンで占められているようなものだ。

美しく、知性と気品に溢れた愛情深い彼は、クラリスの父であり兄であり、それ以上の淡い想いを抱く男性になりつつあった。

だがまだ純情な少女であるクラリスは、自分を引き取って育ててくれている男性にそういう気持ちを抱くことにひどく罪悪感を感じてしまい、なるべく自分の気持ちは考えないようにしていた。

（もうすぐおじさまのお誕生日だわ。今年は、なにか素敵なものを探して贈りたいな）

今までは、手作りのクッキーや手編みの襟巻きなどをプレゼントし、それをアルヴィンはたいそう喜んでくれていたが、クラリスは、もっと彼に役に立つものを贈りたかった。

今まで、アルヴィンが誕生日や週末ごとにくれた小遣いを、全く使わずに大事に貯めてあった。それで、なにか彼の喜びそうな品物を買いたかった。

「——君は、天使？」

ふいに、背後から明るい少年の声がして、クラリスははっと夢想から醒めた。

「誰っ!?」

キッとして振り返ると、植え込みの向こうに同い年くらいの少年がにこにこして立っていた。

ウェーブがかった茶色の髪にはしばみ色の目。顔立ちの整ったなかなかのハンサムだ。オーダーメイドらしいタータンチェックのベストに紺色の半ズボンを穿き、いかにも育ちがよさそうだ。

少年は植え込みから身体を乗り出すようにして、クラリスをまじまじと見た。

「君、人間なんだね。あんまり綺麗だから、天使か妖精かな、と思ったよ」

クラリスは返事をせず、さっとブランコを降りた。

アルヴィンと屋敷の使用人以外の男性と接するのは初めてで、警戒しながら少年を見る。

彼女の素振りが見るからに怪しんでいるふうだったのだろう。少年は柔らかく微笑みながら言った。

「ああ僕は、ジャック・ホプキンスっていうんだ。先週、君のお隣に両親と引っ越してきたんだよ。ときどき、垣根越しに庭を散歩している君を見かけて、ずっと気になっていたんだ。別に怪しい者じゃあないから」

クラリスはわずかに緊張を解いた。

そういえば月末に、食卓でアルヴィンが言っていた。

「来週、隣の空き家に私の姉夫婦が引っ越してくるんだ。ずっと郊外に住んでいたんだが、首都(コルディ)に移住を希望していてね。私の隣家が空いていると知り、そこを借りることにしたらしい。落ち着いたら、我が家に姉夫婦を招いて、君も紹介しよう」

アルヴィンの言葉を思い出し、ジャックと名乗った少年はアルヴィンの甥(おい)に当たるのだと思い至った。

ほっとして、クラリスはにっこり微笑んだ。

ジャックが息を呑(の)む気配がした。

「失礼をごめんなさい。おじさまから見知らぬ人と口をきいてはいけないと、きつく言われていたから——私はクラリスっていいます。アルヴィンおじさまに、お世話になっているの」

ジャックがわずかに頬を染めた。

「ああ、君のことは母上から聞いているよ。叔父さんが女の子を引き取って育てているって――君のことだったんだね」

ジャックが少し躊躇(ためら)いながら片手を差し出した。

「週末には、君のお屋敷に両親と招待されているんだ。そのときに会えるね。よろしく」

内気なクラリスは、差し出された手を握る勇気が出なかった。

真っ赤になって両手を後ろに回してうつむいてしまった。

ジャックはその様子を見て、手を引っ込めた。

「ああごめん、正式に紹介されてからだね。そのときには、友だちになっておくれよ」

彼が気を悪くした素振りがなかったので、クラリスはほっとしてこくんとうなずいた。

「友だち」という言葉の響きは、とても魅力的だった。

思い切って、さっきまで悩んでいたことをジャックに尋(たず)ねてみた。

「あの……男の人は、どういう物が贈られると嬉しいかしら？　もうすぐ、おじさまの誕生日なの。私、なにかプレゼントしたくて……」

ジャックは真剣な表情で考え込んだ。

「うーん――そうだね。僕の父上は煙草(たばこ)を嗜(たしな)まれるので、シガーケースをプレゼントしたときにはとても喜ばれたな。それとか、万年筆。大人は書類にいっぱいサインするので、ずいぶんと重宝(ちょうほう)がられたよ」

クラリスは一生懸命聞いていた。

「シガーケースに、ま……ええと？」

ジャックが笑いながら繰り返す。

「万年筆」

「ま、まんねん……」

「マンネンヒツ！　マンネンヒツ！」

突如、籠の中のプリンスが甲高い声で鳴いた。

ジャックとクラリスは同時にオウムを振り返った。

「わあ、利口な鳥だね。これで君、忘れなくてすむよ」

「やだ、プリンスのほうがもの覚えがいいみたい」

二人は顔を見合わせて笑った。

すっかり打ち解けた雰囲気になった。

その晩、クラリスは気心の知れたメイドに、明日デパートへ連れて行って欲しいと頼み込んだ。

古参のメイドはわずかに眉をひそめた。

「クラリスさまのお願いならなんでもお聞きしたいのですが、旦那さまからお嬢さまを旦那さまの付き添いなしで外出させていけないと、きつく申し渡されていますから――」

クラリスは必死に懇願する。

「そこをどうか、お願いマリア。ね、欲しいものを購入したら、すぐ帰るから……おじさまは明日の夕方にお帰りのはずでしょ？　その前に買い物をすませて戻っていれば、大丈夫でしょ？」

目を潤ませて見上げてくるクラリスに、マリアはため息をついた。

「天使みたいなお嬢さまに頼まれては、とてもいやとは言えないですわ。仕方ありません。明日、朝いちでデパートに出かけ、お買い物をすませたらすぐに戻ると約束してくださいね」

クラリスはぱっと顔を輝かせた。マリアの手をぎゅっと握り、感謝する。

「ありがとう！　マリア、約束するわ！」

翌朝。

クラリスはお付きのマリアと共に、アッカーソン家専用の馬車で中央公園の近くの大通りにある老舗のデパートへ出かけた。

今までもアルヴィンに連れられて何度も訪れたことのあるデパートだが、単身で乗り込むのは初めてで、少し緊張する。しかし、アッカーソン家の身内であるとマリアが店員に告げると、たちまち下にも置かない歓待を受けた。すぐさま万年筆売り場に案内され、奥の貴賓室で店員が並べてみせる万年筆を、ゆっくり選ぶことができた。

あれこれ迷ったが、アルヴィンの好みそうないぶし銀色の万年筆に決め、プレゼント用に綺麗に包装してもらった。

（これをお渡しするときの、おじさまの喜ぶお顔が早く見たいわ）

クラリスは心が躍った。

マリアとの約束通り、目的の買い物をすませるとすぐに帰途についた。

だが、途中の橋で大渋滞に巻き込まれ、馬車が立ち往生（おうじょう）してしまったのだ。

昼前には帰り着くはずが、午後もだいぶ遅くなって、ようよう屋敷に帰り着いた。

「おじさまのお帰りは夕刻だから、どうにか間に合ったわね」

クラリスが胸を撫で下ろして馬車を降りると、門番が顔色を変えて慌（あわ）てて迎えに出た。

「ああクラリスお嬢さま、お帰りが遅いので心配しておりました。急いでください」

「どうしたの？　ジョーンズ？」

「それが——旦那さまはすでにお帰りなのです」

「えっ？」

クラリスは心臓が跳ね上がった。

アルヴィンは予定より早めに帰宅したのだという。

クラリスが不在なのを知り、かなり機嫌を悪くしているらしい。

彼が書斎にいるというので、クラリスは取る物も取り敢（あ）えずそこに向かった。

(どうしよう……おじさまとの約束を破ることなど、今までなかったから——ひどくお怒りかもしれない)

恐る恐る書斎のドアをノックし、そっと中に入る。

書籍がぎっしり並んだ書棚に囲まれた書斎の窓際に、腕を組んで庭のほうを眺めているアルヴィンの姿があった。

クラリスが入ってきたと気がついているはずなのに、背中を向けたままだ。

「おじさま……」

クラリスはおずおずと声をかけた。

「私との約束を破ったね」

振り返らず言うアルヴィンの声は、怒りを押し殺しているのかかえって静謐だった。

「ごめんなさい——どうしても買いたい物があったの……」

「私の留守にこっそり行動するなど、もってのほかだ」

アルヴィンがいつまでもこちらを向いてくれないので、クラリスは悲しくなって鼻の奥がつんとしてきた。

「ほんとうにごめんなさい。二度とおじさまに黙って出かけたりしません」

涙声で言うと、ふいにアルヴィンがくるりと振り返った。

その深い青い目が厳しく光る。

「悪い子にはお仕置きが必要だ。こちらに来なさい」

押し殺した声に震え上がりながら、クラリスは恐る恐る近づく。

アルヴィンは黒檀の書き物机を指差した。

「スカートを捲ってお尻を出し、そこに両手をつきなさい」

クラリスはべそをかきながら、言う通りにした。

アルヴィンが背後に回る気配がする。

絹のドロワーズが引き下ろされ、丸いお尻が剝き出しになった。

ぱん、という小気味のよい音と共に尻肉に激痛が走った。

「痛ぅっ」

クラリスは悲鳴を上げる。

「もう二度と私との約束を破らないと、誓うね？」

「は、はい」

「よろしい。これは、そのことを忘れないための痛みだ」

ぱん、ともう一発尻を叩かれる。

「あぁっ」

クラリスは涙をこぼしながらも、必死で堪えた。

「メイドのマリアにも罰を与えねばならないな。私の命令に逆らって、君を連れ出すなど

――」

アルヴィンの言葉に、クラリスは肩越しに顔を振り向け必死で懇願した。

「おじさま、マリアは私が頼み込んだから、仕方なく言うことを聞いてくれたの。彼女に罪はないの、お願い、ひどい目に遭わせないで！」

濡れた目でまっすぐアルヴィンを見つめると、彼の強ばった表情がかすかに緩んだ。

「そう――君は優しい娘だ。その優しさに免じて、今回だけはマリアを見逃そう」

クラリスがほっと胸を撫で下ろすと、アルヴィンの大きな手がじんじん痛む尻をそっと撫でた。

「わかったのなら、お仕置きはこれくらいにしよう」

彼はドロワーズとスカートを直し、背後からそっとクラリスを抱きしめた。馴染みのあるアルヴィンのオーデコロンの甘い香りに包まれ、クラリスはほっと安堵する。

「私の手から離れるんじゃないよ」

優しく言われ、こくんとうなずく。

「だが、どうしてひとりでデパートへなど行こうとしたのだ？　私が帰宅するまで待てなかったのか？」

クラリスはもうこれ以上アルヴィンに隠し事をできなかった。

「うう……ごめんなさい……これを」

クラリスは啜り泣きながら、スカートの内ポケットに仕舞ってあった万年筆の包みを取り出した。それを差し出すと、アルヴィンが目を見開く。

「これは？」

「もうすぐ、おじさまのお誕生日でしょう？　私、おじさまを驚かせたくて……プレゼントを買おうと……」

アルヴィンが感に堪えないという表情になった。

「私のために？　禁を犯したのか？」

クラリスはうなずいた。

「ああ――私の天使！」

アルヴィンがぎゅっと抱きしめてきて、クラリスの濡れた頬に唇を何度も押しつけた。

「そうだったのか。なんていじらしいことを――そうとも知らず、ひどいお仕置きをしてしまった。許してくれ」

「ううん。言いつけを破ったのはほんとうだから、いいの」

クラリスは額や頬に触れるアルヴィンの唇の感触に、胸がどきどきするのを必死で押し隠そうとした。顔が赤らむのも感じ、取り繕うように言う。

「あの……お誕生日前だけれど、どうか開けてみてください」

アルヴィンは感じ入った表情で、蕩けるような笑みを浮かべた。

「いいのかい？」

クラリスがうなずくと、アルヴィンは丁重に包みのリボンを解き、包装紙を外した。天鵞絨（ビロード）のケースを開き、中身を見ると彼の目が輝く。

「――これはいい」

アルヴィンは銀の万年筆を手に取って、まじまじと眺めた。

「ちょうど、こんな万年筆が欲しいと思っていたのだよ」

「ほんとう!?」

クラリスはぱっと顔を輝かせた。

アルヴィンは深い笑みを浮かべた。

「ありがとう、クラリス。一生大事にするよ」

クラリスは脈動がさらに速まるのを感じる。アルヴィンのこの蠱惑（こわく）的な微笑みが見られるのなら、なんでもしたいと思ってしまう。

「おじさま、大好き」

クラリスはぎゅっと彼の首に縋りつく。

「私もだ。私の天使。大事な大事な、私の愛しい子」

二人は夕暮れに赤く染まる書斎の中で、じっと寄り添っていた。

週末、隣家に引っ越してきたホプキンス夫妻が晩餐に招待された。ひとり息子のジャックも一緒だ。

紹介されたジャックは、アルヴィンとクラリスに礼儀正しく挨拶した。

「初めまして、叔父さん。クラリス嬢」

それから彼は、クラリスにだけわかるように軽くウインクした。

クラリスはうなずきながらも、アルヴィンに二人がすでに知り合いであることがばれはしないかと、内心冷や冷やする。

その後、ジャックとクラリスは仲のよい友だちになった。

ただ、クラリスはアルヴィンが同席していない場では、ジャックと会うことはしなかった。

(もう二度と、おじさまに秘密を持ったりしない)

そう心に誓っていたのだ。


かくして年月が経ち、クラリスが十六歳になった夏の晩のことだ。

その日は、かねてから楽しみにしていた歌劇「トリスタンとイゾルテ」の舞台を、アルヴィンと一緒に観に行くことになっていた。
そして——初めての本格的な夜会服を着ていくのだ。

それまでは子ども用の、襟の詰まった手首まで袖で覆われたふくらはぎまでの長さのドレスを着ていた。

今夜は、袖無しの胸元を深くし裳裾を長く引く大人のドレスを着るのだ。

そのために、わざわざアルヴィンはドレスを新調してくれた。

初々しいクラリスにぴったりの薄桃色の光沢のあるサテン地のドレスだ。長く垂らしていた髪も、大人っぽく結い上げる。

化粧室でメイドたちに着付けと化粧をされながら、クラリスは胸をときめかせて鏡の中の自分を見つめていた。

（私に大人のドレスが似合うだろうか？　おじさまが見たら、がっかりされないだろうか？）

アルヴィンの目に自分の姿がどう映るか、そればかりが気になった。

「さあ、綺麗に出来上がりましたよ！　全身鏡でごらんになってください」

メイドたちに促され、どきどきしながら姿見の前に立った。

特注のドレスは、クラリスのスタイルのよさを際立たせていた。

ほっそりした首、透き通るような二の腕、まろやかな胸元。ウエストは折れそうなほどに細い。

卵形の白い顔に、神秘的な薄い灰色の瞳、整った鼻梁、少しぷっくりして官能的な唇。薄化粧を施しただけで、ぐんと艶やかな表情になった。

豊かなプラチナブロンドはふっくら結い上げ、ピンクパールの髪飾りがよく映えた。

完璧な貴婦人がそこにいる。

(これが——私?)

まるで別人のようで、自分でも信じられない。

「さあ、旦那さまが部屋の外でお待ちですよ。早く見せてさしあげてください」

メイドのマリアに声をかけられ、はっと我に返る。

ふいに、剝き出しの二の腕や乳房の半ばまで露な胸元が、ひどく恥ずかしくなった。

(こんな大人っぽい格好、ほんとうは似合っていないかもしれない——おじさまを幻滅させてしまったらどうしよう)

恐る恐る化粧室を出ると、ドアの前に腕組みをして待っていたアルヴィンが無言で目を見開いた。

「——っ」

沈黙したまま、まじまじと見つめられ、クラリスはいたたまれない気持ちになる。

「あの……やっぱりおかしいですか? 着替えてきます」

おずおずと化粧室に戻ろうとすると、そっとアルヴィンに腕を摑まれた。

「いや——あまりに君が綺麗なので、正直言葉が出なかったのだ——クラリス。最高だ。君はなんて素晴らしいレディに成長したのだろう。私は誇らしくてならないよ」

彼の手放しの褒め言葉に、クラリスは身体の奥がなにか甘く疼いて熱くなるような気がした。

「嬉しい……おじさまに気に入ってもらえて」

はにかんだ視線で頬を染めて見上げると、アルヴィンが眩しげに目を眇めた。

アルヴィンのほうこそ、引きしまった身体にぴったりしたシルバーグレイの礼装がよく似合い、成熟した男の魅力に溢れている。

「では出かけよう」

アルヴィンが右ひじを構え、クラリスはそこに左手を添えた。

すらりと長身でハンサムなアルヴィンと初々しい美しさに溢れたクラリスの、絵に描いたような美男美女ぶりに、使用人たちまで見送りながら感嘆の声を漏らした。

馬車の中では、アルヴィンがいつもより厳しく注意する。

「劇場では私から離れるんじゃないよ。他の男に声をかけられても、知らん顔しているのだよ。甘い言葉で誘う輩がいるだろうが、けっして耳を貸さないように」

クラリスはまるで母親のようにあれこれ気を回すアルヴィンに、苦笑した。

「いやだおじさま。誰も私なんかに声をかけてきたりしないわ」

するとアルヴィンは、わずかにせつなげな表情になる。

「君は――温室育ちだから。自分がどんなに魅力的なのか、自覚がないのだ。男なら誰でも、君にひと目で魅入られてしまうだろう」

「そうなの？」

クラリスはきょとんと首を傾げる。

その無邪気な表情に、アルヴィンがかすかにため息をついた。

オペラハウスに到着し、アルヴィンと共に劇場に入ると、それまでざわついていたロビーが一瞬しんと静まり返った。

人々の視線は、クラリスに集中した。

「そら、君は注目の的だ」

寄り添っているアルヴィンが誇らしげにささやいた。

こんなに大勢の視線を浴びたことがなかったクラリスは、ただいたたまれない思いだった。

アルヴィンはクラリスを見せびらかすように、悠々とした足取りでロビーを横切り、中央階段を上がった特別ボックス席の個室に入った。

ボックス席に腰を下ろし手すりにもたれていると、観客席からオペラグラスを片手にクラリスに注視する者が跡を絶たない。

クラリスは他人の視線がちくちく全身に刺さるようで、恥ずかしくて顔をうつむけてしまう。

「堂々としていなさい」

傍らのアルヴィンがひそやかな声をかけた。

はっとして胸を張る。

(そうだ、私はアッカーソン家の娘なのだわ。おじさまに恥をかかせてはいけない)

細い顎をきゅっと引き、すんなり背筋を伸ばしたクラリスの姿は薄暗い劇場の中でそこだけ光り輝くようで、舞台が始まっても観客はたびたびクラリスのいるボックス席に注目した。

クラリスのほうはといえば、舞台にすっかり集中してしまい、アルヴィンに身をもたせかけ、うっとりした表情で音楽に聴き入っている。彼女の身体が触れているアルヴィンの腕が、わずかに筋肉が緊張して強ばっていることには気がつかないままだった。


「ああ――今夜の舞台は素晴らしかったわ」

帰りの馬車の中で、クラリスは観劇の余韻が冷めやらず、何度もため息をついた。

「少し複雑な恋愛物語なのだが、君はもうこういう話も充分に理解できる年頃になったのだね」

向かいの席に座っていたアルヴィンが感慨深げに言う。

「騎士トリスタンの女王イゾルテに対する命を賭けた恐ろしいまでの愛に、ぞくぞくしました。人は恋をすると、あんなふうに我を失ってしまうものなんでしょうか?」

クラリスは陶酔した眼差しでアルヴィンを見上げた。

薄暗い馬車の中で、アルヴィンの青い目が熱を帯びて光ったように思えた。

「そうだ——人は真実の愛を知ると、狂気に囚われてしまうものだ」

くぐもった声を出し、アルヴィンの白皙の顔がふっと寄せられた。

「おじさま?」

息が触れるほど近くに見つめ合う形になり、クラリスは戸惑いながら目をぱちぱちさせた。

アルヴィンの大きな手が、そっとクラリスの小さな卵型の顔を包んだ。

「今夜の君は、もうすっかりレディの魅力に溢れていた。舞台のイゾルテよりずっと、君は男の心を迷わせる」

聞いたこともないアルヴィンの悩ましい声に、ふいに心臓がばくばくいい出し、クラリスはわずかな恐怖を感じ、ぎゅっと目を瞑ってしまう。

馴染み深いアルヴィンのオーデコロンの香りが、より強く鼻腔を擽ったかと思った次の瞬間、なにか柔らかいものにしっとりと唇を覆われた。

「ん……っ?」

はっとして目を見開くと、アルヴィンに唇を奪われていた。

それまでも、挨拶代わりに軽い口づけは何度も交わしていた。だが、今夜の口づけはなにかが違っていた。

「ふ……ん、んっ」

いつもなら瞬時に離れるアルヴィンの口唇が、撫でるように何度もクラリスの唇を擦る。長い口づけに息が詰まり、顔を背けようとしたが彼の手ががっちり顔を挟んでしまっている。

「は……ぁ」

息苦しくて、思わず唇を開くと、なにか熱く濡れたものがぬるりと口腔に侵入してきた。

「んぅ、んんっ？」

驚いて身体を強ばらせる。アルヴィンの舌は歯列を割り、歯茎をなぞり口蓋を舐め回し、怯えて奥に縮こまっていたクラリスの舌を探り当てた。彼は舌を絡ませると、強く吸い上げてきた。

その瞬間、うなじから背骨にかけて未知の甘い痺れが走り、クラリスは全身の血がかあっと熱くなった。再び強く目を閉じてしまう。

「んんん、んぅ、ふ、んんぅ……っ」

くちゅくちゅと舌が擦れ合う淫らな音が耳孔の奥で響き、次第に身体の力が抜けてくる。

「や……あ、んん、は、んんん」

頭が逆上せたようにくらくらし、本能的な恐れから両手でアルヴィンの襟元を摑んで押し返そうとした。だが、男の片手が背中に回り、ぐっと強く引き寄せてしまう。もう片方の手が後頭部を強く抱え、アルヴィンは顔の角度を変えながら、深い口づけを繰り返した。あまりに濃厚な口づけに、クラリスは翻弄され、されるがままになった。

「……んぁ、あ、はぁ……んんんぅ」

情熱的に口腔を貪られ、唾液を吸り上げられ、淫靡な心地好さが全身を駆け巡り、手足の力が完全に抜けてしまった。

もはやすべての物音も気配も消え去り、クラリスはアルヴィンの舌の動きと体温と体臭だけしか感じられなかった。

「……ぁあ……」

長い長い口づけの果てに、ちゅっと音を立ててアルヴィンの唇が離れた。

クラリスはぐったりとアルヴィンの腕に身をもたせかけていた。

「これが——大人のキスだ」

アルヴィンはクラリスの火照った身体を抱きしめ、蕩け切った表情を浮かべている彼女の額や頬に何度も唇を押し当てる。

「君がレディになった記念だ——これからは、大人の女性として君を扱おう」

「おじ……さま……」

頭の中が霞がかかったようにぼんやりし、自分のせわしない脈動の音が鼓膜にうるさいくらい響く。

初めて知った大人のキスは、あまりに刺激的で心地好く悪魔的な魅力があった。

「これは二人だけの秘密だ――君と私だけの」

耳元で艶(なまめ)かしくささやかれ、クラリスはこくんとうなずいた。


その晩。

二人はいつものように同じベッドで休んだ。

ただ、クラリスは隣に横たわるアルヴィンの息づかいや体温をひどく意識してしまい、なかなか寝付けなかった。

馬車の中での情熱的な口づけを思い出すと、身体のどこか深いところがじわりと甘く疼く。

ひどく自分が官能的な気持ちになっていることに、狼狽(うろた)える。

(なんだろう、この浮き立つような焦(じ)れるような気持ち……)

落ち着かなげに何度も寝返りを打つと、アルヴィンの手がそっと髪を撫でてくる。

「眠れないか？　長丁場の舞台だったから、気疲れしたか？」

いつもの優しい気遣わしげな声に、クラリスはほっと安堵する。

「ううん……おじさま、手を繋いでいい？」

「なんだ、子どもみたいに――いいとも」

アルヴィンの少し骨張った大きな手が、優しく手を握ってくれる。わずかに彼の長い指がクラリスの指の間を掠(かす)め、それに甘い戦慄(せんりつ)を覚え、どきんとする。

ぎゅっとアルヴィンの手を握り返し、目を閉じた。

「お休みなさい、おじさま」

「お休み、私の天使」

その言葉を聞くと、気持ちがすうっと落ち着いた。

クラリスは夢の中へ意識を沈めていった。

第二章　蕾が開くとき

クラリスは花も恥じらう十八歳の誕生日を迎えた。

十六歳で初めて大人のドレスを着てから二年、背丈が少し伸び身体の線がぐっと大人っぽくなり、匂い立つような乙女に育っていた。

いよいよクラリスが、社交界にデビューする未婚貴婦人となる日が近づいてきた。

アルヴィンはほぼつきっきりで、クラリスが一人前の貴婦人になるための教育を施した。

自分だけではなく、一流の家庭教師を何人も招き、礼儀作法、言葉遣い、ダンス、教養――社交界デビューに必要なすべてを彼女に手ほどきさせた。

「私の天使は、首都社交界一の貴婦人になるんだ」

それが彼の口癖だった。

クラリスはアルヴィンの期待に応えようと、懸命に励んだ。

彼女の初めての社交界デビューは、首都でも高名な王室とゆかりの深い某公爵主催の舞踏会に決まった。

この場で、クラリスは初めてのダンスを披露することになる。

その日の前日。

クラリスは夕食の後、屋敷の小広間にこっそり出向き、ひとりでワルツのステップの練習をした。

デビュタントとしての初ダンスは、皆の注目の的になるだろう。

完璧なステップを踏んでみせねばならない。

(おじさまに褒めてもらえるように、頑張らなくっちゃ……)

社交界デビューすれば、今までは子どもだからと許してもらえなかった、お酒も夜更かしも賭け事も朝寝も堂々と嗜める。それもとても魅力的だったが、クラリスにとってはアルヴィンを喜ばせること、彼に認めてもらえることが一番大事だったのだ。

「──少し猫背になっている」

ふいにドアロから密やかな声がして、クラリスははっと足を止めた。

寝間着にガウン姿のアルヴィンが立っていた。

「いつまでも寝室に来ないので、どうしたのかと思ってね」

クラリスは赤面する。

「ごめんなさい──少しでも明日の舞踏会に備えようと思って……」

アルヴィンがゆったりとした足取りで入ってきた。

「明日に備えるのなら、たっぷり眠ることだ。君の美しい肌が、寝不足でくすんでしまっては元も子もない」

「わかりました――もう休みます」

素直に言うと、アルヴィンがにっこりした。

「明日の舞踏会は私はお目付役だから、君と踊ることはできない――ので」

彼は恭しく腰を折って一礼した。

ガウン姿なのに、王族のように気品に溢れた姿だ。

「レディ、一曲だけ私と踊ってくれるかい？」

クラリスは胸をときめかせて片手を差し出した。

「もちろんですわ」

本当は、舞踏会で見知らぬ男性と踊ることに少しだけ気後れしていた。アルヴィン以外の男性の腕に抱かれることに抵抗がある。

だから、前日にアルヴィンと踊れることが嬉しくてならなかった。

右手を彼の左手に預け、左手は相手の肩に置く。アルヴィンの大きな手がクラリスの腰をしっかりとホールドした。

滑るようにアルヴィンがステップを踏みはじめ、クラリスはぴったりと彼のリードについていった。アルヴィンはダンスの名手で、ダンスの教師より彼と踊るほうが、ずっと綺麗なワルツを踊れるのだ。

「そう、背筋はあくまで伸ばし、まっすぐ相手の目を見るんだ」

言われるままアルヴィンの青い目を覗き込む。

慈愛のこもった視線に心臓がきゅんと震える。思わず目を逸らしてしまいそうになるのを、アルヴィンの不興を買わないために必死で堪えた。

この頃、アルヴィンとまともに目を合わせることがとても恥ずかしい。

彼の男らしい美麗な顔を間近で見るだけで、頬が赤らんで脈動が速まってしまうのだ。

(私——変だわ。ずっと身近で暮らしてきたのに、なんでこんなに恥ずかしい気持ちになってしまうんだろう?)

「どうした? なんだか上の空だね」

不意に声をかけられ、慌てて微笑みを浮かべる。

「いいえ、そんな」

アルヴィンがしみじみと言う。

「こんなに成長して——とうとう大人の貴婦人になってしまうのだね。ついこの間まで、肩車をしてあげてたのに。大事に大事に育てていたのに——」

クラリスは彼の哀愁漂う表情に、胸が締めつけられた。

「大事に育ててくださって感謝しています——おじさま。いつか、ご恩返ししたい」

アルヴィンが愛おしげに微笑んだ。

「そんなこと気にしないでいい——君が幸せなら、私は他になにもいらないよ」

あまりに優しい言葉に、鼻の奥がつんとした。

「おじさまったら……」

声を詰まらせると、アルヴィンがくすくす笑う。

「泣き虫なのは昔から変わらないね」

ぴたりと足を止めたアルヴィンは、クラリスの肌理の細かい頬に伝う涙を、指でそっと拭った。

「私の天使」

アルヴィンは低くささやくと、濡れた頬に唇を押しつけ、そのまま口唇を塞いできた。

「ん……」

クラリスは目を閉じて口づけを受ける。

アルヴィンの濡れた舌先が唇を抉じ開けると、素直に受け入れる。侵入してきた男の舌に、おずおずと自分の舌を差し出した。

「ふ……ん、んんっ……」

くちゅくちゅと舌が擦れ合うと、全身が糖蜜のように甘く蕩けてくる。

十六歳のとき、初めて深い口づけを受けてから、アルヴィンは度々大人の口づけを仕掛けてくるようになった。

あまりに心地好く甘美な口づけに、クラリスはただ翻弄されてしまう。

心のどこかで、これは挨拶の境界を越えているのではないか、とささやく声がする。

だが、頬をなぶるアルヴィンの悩ましい息づかいや悩ましい舌の動きに、全身の血が熱く滾ってしまい拒むことができなかった。

自分の中の淫靡な欲望が刺激されていることを、薄々気がついている。

(私ったら——ほんとうはおじさまの口づけを、待ち焦がれている……)

アルヴィンが好きな分、クラリスはどうしていいかわからないまま、深い口づけに溺れてしまうのだった。

長い口づけの果て、クラリスの全身から力が抜け立っていられないほどになると、アルヴィンはそっと唇を解放し、名残惜しげに言う。

「さあ——今夜はもう休もう。明日の舞踏会は、君が主役なのだからね」

「はい……」

まだ恍惚とした表情でうなずくと、アルヴィンは軽々とクラリスを横抱きにし、寝室へ向かった。


公爵の屋敷の大広間は、一面鏡張りでクリスタルのシャンデリアが幾つも天井から下がり、真昼のように明るかった。

庭に面したバルコニーに陣取ったオーケストラが優雅な曲を奏で、古風なお仕着せに身を包んだ従僕が飲み物を載せた銀の盆を掲げ、着飾った招待客たちの間を縫って歩いている。

そこへ、アルヴィンに手を取られたクラリスが入ってきた。

大広間に感嘆のどよめきが広がった。

その晩のクラリスの夜会用ドレスは、贅を凝らしてあった。

真っ白なレースで縁取られたシルクのペチコートを何枚も重ねたチュールスカート。胴衣は胸ぐりをぎりぎりまで深くし、まろやかな乳房の丘が強調されている。短い袖はペチコートと同じ素材でレースの縁取りがしてある。剝き出しのすらりとした白い腕に、真珠のボタンが並んだ白い子羊の革の手袋。長い裳裾はサテン地で花模様で飾られている。

艶やかなプラチナブロンドはギリシア風に細かく編み込んで結い上げ、真珠のティアラを飾ってある。整った美貌は白粉をはたいて眉を整える程度で、口紅だけ思い切り深紅なものにし、初々しいのにひどく色っぽい。

大広間中の人々がクラリスの眩い美しさに魅了されていたが、特に独身の若い男子たちは色めきたった。

クラリスは堂々と胸を張り、大広間の隅に並べられていてる椅子の一つに腰を下ろす。傍らに座ったアルヴィンは、長い脚を組んで満足げに言う。

「どうだね、私の天使はすっかり注目の的のようだ」

すかさず一人の若い男が近づき、お目付役のアルヴィンに丁重に挨拶した。

「今晩は、アッカーソン侯爵さま。私はエンリケ伯爵と申します。そちらがお噂の、お美しいお嬢様ですね」

アルヴィンは値踏みするような眼差しでその男を眺め、うなずく。

「そうだ。クラリスは今夜が社交界デビューでね」

アルヴィンの声が冷ややかで威厳に満ちているためか、エンリケ伯爵は遠慮がちに言う。

「最初の曲を、お嬢様と踊ってもよろしいでしょうか？」

クラリスはどきんとして身構えてしまう。

「申し訳ないが、クラリスはとても内気なたちなのだ。もう少しこの場の雰囲気に慣れてからにしてもらおう」

アルヴィンにじろりと睨まれ、エンリケ伯爵はほうほうの体でその場を後にした。

大広間の向こうで固まってこちらの様子を窺っていた若い男たちに、エンリケ伯爵が肩をすくめて言う声が聞こえた。

「いやはや、お目付役の侯爵のガードの固いこと。手強すぎるよ」

若い男たちがいっせいに嘆息まじりの声を上げた。

最初の曲が始まった。

アルヴィンは侍従に手を上げ、飲み物のグラスを受け取ると片方をクラリスに渡した。

「お飲み。まだ君にお酒は早いから」

クラリスは甘いレモネードのグラスを受け取り、咽喉を潤しながら踊る人々を眺めていた。

アルヴィンがダンスを申し込む男たちを一掃してくれたことで、胸を撫で下ろしていた。

「もとより、ダンスをするなとは言わないが、下手な虫が君に付かないように見張るのも、私の役目だからね。いや、君が気がすすまないのなら、無理矢理踊る必要はない」

彼がきっぱり言うので、クラリスは頼もしげに微笑んだ。

「はい、おじさま」

その後、曲が変わるたびに勇気ある若者が何人もダンスを申し込みに来たが、アルヴィンがことごとく追い払ってしまう。男たちは遠くから熱い視線をクラリスに送りながら、誰もダンスが申し込めないでいた。

クラリスのほうはといえば、アイスクリームなど舐めながら華麗な舞踏会をのんびりと見物している始末だった。

と、そこへグレイの礼装姿の若者が歩み寄ってきた。

「今晩は、叔父さん。クラリス、今日の貴婦人の中で君が飛び抜けて綺麗だよ」

「ジャック、あなたも来ていたの?」

クラリスはぱっと顔を輝かせた。

幼馴染みのジャックは、アルヴィンほどではないが、長身でハンサムな青年に成長していた。

「君が社交界デビューすると聞いていたんで、ぜひダンスを申し込もうと思ってね」

ジャックは明るい声でアルヴィンに言う。

「叔父さん、こんな美しい貴婦人を壁の花にしていては、彼女の名誉にかかわりますよ。僕が一曲お相手しても、かまわないでしょう？」

アルヴィンは綺麗な眉をかすかにひそめたが、甥(おい)っ子の言うことには反論できなかったようだ。

「うむ――ジャック、君なら気心が知れているしな――クラリス、彼と踊ってきなさい」

クラリスはぱっと顔をほころばせてうなずいた。

実のところ、知らない男性と踊るのには抵抗があったが、豪奢(ごうしゃ)な大広間でダンスしたい気持ちはあってうずうずしていたのだ。

クラリスがジャックに手を取られて立ち上がると、若い男性たちからどよめきが起こった。

「見てごらん。紳士方の嫉妬(しっと)の眼差しの鋭さに、僕は殺されそうだよ」

ジャックがくすくす笑いながら言うので、クラリスもつられて微笑んだ。

「あなたが来てくれてよかったわ、ジャック。私、とうとうダンスをしないまま帰るかも、って思っていたの」

ゆったりと曲が始まったので、二人は向かい合って手を組んで踊り出す。

　ジャックのリードは少し強引で、包容力のあるアルヴィンのリードとまったく違っていた。それはそれで新鮮だった。

「素敵だ！　君ってまるで羽みたいに軽いね。それに見事に細いウエスト！」

　ジャックはクラリスの腰に回した手に、わずかに力を込めた。

「あら、ジャック。お世辞が上手になったわね」

　クラリスがまぜっ返すと、ジャックは少し表情を引きしめた。

「クラリス。叔父さんが君に過保護なのは昔からだけど、最近行きすぎじゃあないか？　この頃は、僕が屋敷に遊びに行くのもいい顔をされないんだもの」

　確かに、子どもの頃はしょっちゅう遊びに来ていたジャックだが、最近はアルヴィンがなんだかんだと理由をつけて来訪を断るようになっていた。

「おじさまは……私が世間知らずだから心配なさっているのよ」

　ジャックが語気を強めた。

「だからって、年頃の娘の社交のチャンスを奪うのはどうかと思うよ。他の娘さんたちなんか、なんとか男性に振り向いてもらおうと、むやみやたらに愛想を振りまくものなのに。君みたいなとびきり綺麗な娘が、壁の花なんて屈辱だと思わないか？」

　クラリスは思わず眉をひそめた。

「ジャック――私、誰彼かまわず愛想を振りまくなんて、できないもの……」

ジャックはふいにぐっとクラリスの身体を引き寄せた。ワルツはもともと男女が密着して踊るものなので、その体勢に無理はなかったが、アルヴィン以外の男と接触をすることに慣れていないクラリスは動揺した。

「ジャック……近いわ」

「君はそれで、行き遅れてもかまわないというの？　若い娘が社交界に出ていくということは、結婚相手を探すのが一番の目的じゃないか」

クラリスは目を瞠った。

「結婚――」

そのとたん曲が終わった。

二人は無言で一礼した。

ジャックは立ち去り際に、いつもの陽気な口調に戻って言う。

「でもまあ、叔父さんが君の周りの男たちを残らず追い払ってしまうのは、僕も賛成だけどね。君と踊る栄誉は、僕だけに与えられることになるもの」

おどけたジャックの言い方に、クラリスは思わずくすっと笑った。

顔に笑みを残したまま席に戻ってくると、アルヴィンが腕組みをし、かすかに眉間に皺を寄せている。

「ただいま、おじさま」

「ダンスを楽しめたようだね」

心なしかアルヴィンの口調が平淡だ。

「ええ。ジャックは相変わらず面白い人ね」

「ずいぶんと話が弾んでいるようだったね」

クラリスは口を噤んでアルヴィンの表情を窺った。彼の言葉遣いは普段通りだが、どことなく毒を含んでいるように思えたのだ。

そこへアルヴィンの知り合いらしい夫婦が現れ、声をかけてきた。

「侯爵、その方が自慢の娘さんだね。社交界デビューおめでとう」

アルヴィンはいつもの柔(やわ)らかい顔つきになり、丁寧な態度でクラリスを紹介する。クラリスも礼儀正しく挨拶しながら、おそらく自分の思い過ごしだろうと考えた。

舞踏会の中休みで、別室で軽い食事(サパー)をする時間になったときだ。

アルヴィンと一緒に別室に向かう途中、一人の紳士がアルヴィンに話しかけてきた。どうやらアルヴィンの経営している会社の仕事仲間らしく、二人は立ち止まって話し込んだ。

クラリスが大人しく側に控えていると、それに気がついたアルヴィンが、

「クラリス、君は先に行っていなさい。すぐ後を追うから」

と、声をかけた。

クラリスはうなずき、別室に足を運んだ。

大勢の男女があちこちの丸テーブルの思い思いの席に着き、談笑している。

「ああ、レディクラリス。どうぞこちらの席が空いています」

一人の若い男性が立ち上がり、席を示した。

クラリスはどうしようかと躊躇したが、空いている席がなかなか見当たらず、仕方なくその席に腰を下ろした。

すると、隣に腰を下ろした若い男性ばかりでなく、彼女の周囲にどっと男子が群がった。

「なにか飲み物をお持ちしましょうか、レディクラリス」

「今日のメニューのおすすめは、ウズラのゼリー寄せですよ、いかがですか？」

「いやいやそれより、苺のアイスクリームのほうがいいでしょう？」

「あ、あの——私、それほどお腹が空いていませんから」

次々に話しかけられ、クラリスはどう対処していいかわからず、曖昧な笑みを浮かべて適当に相づちを打っていた。紳士と会話をするときには、常に微笑むべしと、礼儀作法で教わっていたからだ。

「では、飲み物ですね。甘いカクテルがありますよ」

「いえ、私、お酒はまだ嗜みません」

「それならば、炭酸水がいいでしょう」

「いやフレッシュジュースのほうがいい」

男たちは我先にウェイターに注文し、たちまち複数の飲み物が差し出され、クラリスは途方に暮れてしまう。

自分を見つめる男たちの目は一様に熱を帯びて光りなにか恐ろしげで、すくみ上がってしまった。

「紳士諸君、申し訳ないが、彼女はそろそろ帰宅する時間だ」

静かだが決然としたアルヴィンの声がした。

男たちはぎくりとして動きを止める。

真後ろにアルヴィンが立っていた。

クラリスはほっとして、席を立ち上がった。

「今夜はとても楽しゅうございました。皆さん、失礼します」

優雅さを失わないように挨拶すると、素早くアルヴィンの側に寄った。

アルヴィンがさっと右腕を構えたので、クラリスは左手を絡める。

「では諸君、失礼させていただく」

アルヴィンは傲然(ごうぜん)と胸を張り、クラリスと共に部屋を後にする。

背後で若い男子たちが嘆息を漏らすのがわかった。

「あ、あの、おじさま――」

話しかけようとしたが、アルヴィンは無言で足を運んでいる。彼はひどく不機嫌な様子だ。

(どうしたのかしら……来たときにはとても愉しげにしていたのに……)

クラリスは自分がなにか失態をしでかしたのだろうかと、胸がつぶれる思いだった。

主催の公爵夫人に丁重に礼と別れの言葉を述べると、二人は屋敷前の馬車止まりで待ち受けていたお抱えの馬車に乗り込んだ。

帰宅の馬車の中で、クラリスは心地好い疲労感にぼうっとしていた。

「今夜の君は素晴らしかった。招かれた貴婦人の中で、君が群を抜いて美しかったよ」

アルヴィンは腕組みをし、静かに言う。

クラリスは、アルヴィンが怒っていないのだと思い、頬を染めて答えた。

「私、なんだか夢中で……」

「君を首都一の貴婦人に仕立て上げようという私の目論見は大成功だった――だが、私は一つだけ見誤っていた」

アルヴィンの声が低くなった。

「君の煌びやかな魅力は、灯りに集まる蛾のように男たちを引きつけるのだと、改めて思い知った――若い男たちにちやほやされている君は、危うくてとても見ていられなかった。こんなことなら、社交界デビューなどさせないで、ずっと私の手元に置いておいたほうがいいのかもしれない、とすら思ったよ」

クラリスはどきんとして顔を上げ、アルヴィンを見た。

彼は怒りとも困惑とも思えるような、複雑な表情をしていた。

いつも自信に溢れたアルヴィンの見たこともない一面に、クラリスは動揺する。それに、まるでクラリスを責めているかのような物言いにもショックを受けていた。

「ちやほやなんて……私、どうしていいかわからなかったのに……」

「私には、嬉しそうに受け答えしているように見えたが」

「そんな……紳士には礼儀正しく微笑んで応対するようにって、礼儀作法のお時間に習ったのだもの」

自分のなにがいけなかったのかわからず、クラリスは胸が締めつけられるように痛んだ。

せっかくの晴れの社交界デビューを、自分は台無しにしたのだろうか。

涙目になってアルヴィンを見つめた。

「私が至らなかったのなら、謝ります。おじさまがいやだというなら、私はもう社交界に出ていきませんから」

無垢なクラリスの瞳を見ると、アルヴィンははっと我に返ったようだ。

「いや――君が謝ることはない。君はあまりに美しく育ちすぎた。これからも、男たちは君をほうっておかないだろう。君が誰か他の男子に心奪われて屋敷を出ていくというのなら、私にはそれを止める術はない――心苦しいことだが」

クラリスは全身から血の気が引く思いだった。そして、ダンスをしているときにジャックが言っていた言葉を思い出す。

「若い娘が社交界に出ていくということは、結婚相手を探すのが一番の目的じゃないか」

（それじゃ、おじさまが私を社交界に出したのは、いずれ私を誰かのお嫁さんにさせるつもりだったということなの？　いつかはお屋敷から出ていけということなの？）

心臓がぎゅーっと絞るように痛み、唇が震えた。

「わ、私は……私は、どこにも行きたくない……ずっと、ずっとおじさまのお側にいたいの
……」

必死に堪えたのに、涙が溢れて頬を滑り落ちた。

アルヴィンの表情がゆっくり解けてくる。

「泣くことはない——君がいたいのなら、いつまでも私の側にいていいんだ」

思いもかけない優しい言葉に、胸のつかえがみるみる消えていく。

「ほ、ほんとう？」

「ほんとうだ。私から君を手放すつもりなどない」

「お、お嫁に行かなくても……いいの？」

アルヴィンが腕を解き長い指を差し伸べ、涙に濡れたクラリスの唇をたどった。

「君がいやなら、どこにも行かなくていい」

彼の硬い指の腹が、唇から頬、目尻をなぞっていく。彼が触れていく箇所が、灼けつくよ

うに熱くなった。動悸が高まり、息が苦しくなる。

クラリスはこくんとうなずいた。

「どこにも、行かない」

アルヴィンの指が、そっと顎を持ち上げる。

すぐ側に、彼の鋭利で精悍な美貌があった。

「私の天使――」

掠れた声でささやかれ、そっと唇を塞がれる。

「ん……んん」

ちろりと彼の舌先が口唇を割ると、自分の涙の味がした。そのまま口腔を掻き回されると、頭がぼうっと甘く痺れなにも考えられなくなる。

今夜、生まれて初めて大勢の異性に囲まれたが、アルヴィン以上に素晴らしいと思える男性はひとりもいなかった。

(おじさま……好き。世界中で一番、好き)

彼に促されるままに舌を差し出すと、きつく絡んで吸い上げられた。うなじの辺りがじわりと熱くなり、身体の中心部がせつなく蕩けてくる。

「ふ……ぁ、んんぅ……」

くったりとアルヴィンに身をもたせかけると、彼の手が後頭部をきつく抱え、さらに貪るような口づけを仕掛けてきた。

屋敷に馬車が到着するまで、長い深い口づけは続いたのだ。

深夜、いつものようにアルヴィンと同じベッドに横たわったクラリスは、目が冴えて寝付けなかった。

傍らのアルヴィンの規則正しい寝息に耳をすませながら、クラリスは胸に溢れる狂おしいほどの想いに耐えていた。

（私……おじさまが好き。大好き。これが恋するということかしら——この苦しいほど湧き上がる気持ちは、きっとそう——）

多分、ずっと前からこの気持ちは小さな花の種のようにクラリスの心の奥に植えつけられていて、年ごとに育ち芽吹き蕾を付けていったのだ。

（だけど——私は養女。義理でもおじさまとは、父と娘。こんなはしたない気持ち、おじさまが知ったら困惑なさってしまうだろう）

クラリスは目元まで上掛けを引き上げ、ぎゅっと目を瞑った。

（おじさまはいつまでもお側にいていいと言ってくれた。この気持ちは押し隠して、娘としてずっとおじさまにお仕えしよう。それだけでも、私は幸せ……）

そう何度も自分に言い聞かせた。

華々しい社交界デビューの後、噂が広まったのかクラリスのもとには、首都中(コルディ)の貴族のから夜会や舞踏会の招待状が届くようになった。

アルヴィンがそのすべてを吟味(ぎんみ)し、クラリスにふさわしいと思った招待だけを受けるようにした。

その際には、必ずアルヴィンがお目付役として付き添った。

どの夜会や舞踏会でも、クラリスはひときわ目立って美しかった。だが、誰も彼女にダンスを申し込むことも共に食事をすることも叶わなかった。

まるで凶暴な番犬のように、アルヴィンがクラリスを守っているからだ。

あまりに過保護すぎるクラリスに、周囲の評価はかえって高まった。

無垢で気高く美しいクラリスの心を射止めるのは、いったいどんな男性なのだろうかと、社交界ではもっぱらの噂だった。

地方の領地で領民同士のいざこざが起こり、それを解決するために、アルヴィンが数日屋敷を留守にすることになった。

「私の許可なく勝手に舞踏会に出たりしてはいけないよ。君は内気で押しに弱いところがあるからね。けっして変な男についていかないように」

出かける直前まで、アルヴィンはクラリスのことをあれこれ気遣った。

「いやだ、おじさま。もう小さい子どもじゃないんだから。ちゃんとおじさまの言いつけを守って、お留守番しています」

クラリスは安心させるように微笑んで、アルヴィンの頬にいってらっしゃいの口づけをした。

「では、行ってくる」

アルヴィンがお返しに頬に口づけするついでに、素早く唇を奪ってきたので、クラリスは思わず赤面した。

アルヴィン不在の数日間、クラリスは屋敷で読書や刺繍をして過ごした。

幼い頃、アルヴィンのためになにかしたいと、慣れない針と糸で彼のハンカチに名前を刺繍したところ、たいそう彼に喜ばれた。それ以来、アルヴィンのシャツやハンカチに彼の頭文字を刺繍するのは、クラリスの役目になったのだ。

窓際にぶら下げた鳥籠の中では、オウムのプリンスがしきりに囀っている。

「オジサマ、ダイスキ。ワタシノテンシ。オハヨウ、オジサマ。オカエリナサイ、オジサマ」

利口なプリンスは、クラリスの声色をそっくりにまねて、様々なおしゃべりを繰り返す。

クラリスがひとりのときには、無聊を慰めてくれるよい相手だった。

ひと目ひと目心を込めて刺繍しているところに、執事長が部屋のドアをノックしてきた。

「お嬢さま。お客さまでございます」

「お客さま？　おじさまは不在だから——」

「お客さまもないだろう、水臭いなぁ、君のところの執事は」

ふいに明るい声がして、ドアを押し開いてジャックが入ってきた。

「まあ、ジャック」

少しだけ刺繍にも飽きてきていたクラリスは、よい話し相手が来たとばかりに顔をほころばせて立ち上がった。

ジャックはテーブルの上に積み上げられたシャツやハンカチに目をやり、唇を尖らせた。

「君ったら、叔父さんがいないと部屋に閉じこもって縫い物ばかりして——隠居した年寄りじゃあるまいし」

クラリスは頬を染めた。

「だって、おじさまが一人で外出してはいけないっておっしゃるから……」

ジャックが肩をすくめる。

「おじさま、おじさまって——君ってほんとうに叔父さんのことばっかりだね。一人で外出がだめなら、僕と一緒ならいいだろう？　こんないい天気に外に出ないなんて、ばかばかしいよ」

「でも……」

ジャックはさっさと椅子に掛けてあったクラリスのショールを手に取ると、彼女に着せかけた。

「すぐそこの中央公園を散歩するくらい、かまわないだろう？　あの近くに、最近流行のカフェができたんだ。そこのスコーンは絶品だって巷では評判だよ、おいでよ」

ぐいぐいとジャックが腕を取った。

「ジャックったら――」

昔からジャックは、なにか面白いことを思いつくとクラリスを強引に巻き込むところがあった。内気なクラリスには、それが少し恐ろしくしかし新鮮な感動もあった。

甥っ子であり幼馴染みの彼なら、アルヴィンも大目に見てくれるだろうと思った。

「それじゃ、少し散歩するだけよ」

ジャックが白い歯を見せた。

「そうこなくっちゃ！」

「ソウコナクッチャ、ソウコナクッチャ！」

プリンスがすかさず口まねをしたので、二人は顔を見合わせて笑った。

午後の中央公園は穏やかな日差しに包まれ、紳士淑女が思い思いに散歩していた。子連れや犬の散歩をしている者もいる。

白いパラソルを差し、ふんわり袖を膨らませた白いモスリンのドレスに身を包んだクラリスは、ジャックに片腕を預けてゆっくりと池のほとりを散歩した。

ハンサムでおしゃれなジャックと眩いばかりの美貌のクラリスのカップルは人目を引きつけ、通りすがりの人々は誰もが感嘆の眼差しを送ってくる。

「ああ、風が気持ちいいわ」

クラリスは目を細めて胸いっぱいに空気を吸い込んだ。

「だろう？　君は少し外に出て社交するべきだよ。夜会だって、お目付役の叔父さんがあまり厳しいから未だにろくにダンスに応じないって、上流貴族の間では高嶺の花だと評判だよ。いくら君が美人だからって、それじゃロマンスに巡り合えないじゃないか」

ジャックの言葉に、クラリスは頬を染めて小声で答えた。

「ロマンスだなんて……私、今のままでも幸せよ」

ジャックが少し語気を強めた。

「そんな内気じゃ、君、ずっと結婚できないよ」

クラリスは首を振る。

「いいの、結婚なんてしないもの」

ジャックは言葉を飲み込み、目を見開いてクラリスを見つめた。それから不思議な笑みを浮かべる。

「ふうん、そうか——それはそれで、僕にはラッキーだな」

「え？」

意味がわからずきょとんとしたクラリスに、ジャックはいつもの明るい笑顔で答える。

「なんでもないよ。そうだ、池でボートに乗ろうよ」

ジャックがオールを握るボートに乗り込んだクラリスは、鴨が滑るように泳ぐ池の水面をぼんやり眺めていた。

（おじさまとボートに乗ったら、もっとどきどきして楽しいに違いないわ。そうだ、今度おじさまに午後のお散歩に連れて行ってもらおう）

近くのカフェで極上のスコーンとお茶をいただき、無駄話に興じながら屋敷に戻ってきた。

屋敷の馬車止まりに、見覚えのある馬車が止まっている。

「あ——おじさまだわ」

口の中で小さく声を上げた。

馬車から長身のアルヴィンが降りてくる。

「おじさま、お帰りなさい！」

クラリスは思わずジャックの腕を離し、馬車に急ぎ足で近づいた。

シルクハットを脱ごうとしていたアルヴィンが、はっとこちらを振り返る。瞬時にその眼差しが凍りつく。

「お疲れさまでした。領民のもめ事は、うまくおさまりました？」

クラリスが無邪気に微笑むと、アルヴィンはそれに答えず彼女の背後に目をやった。

ジャックがのんびり近寄ってくる。

「叔父さん、お帰りなさい。ちょうど、僕たち中央公園の散歩から戻ってきたところです」

「散歩に、行ったのか？」

アルヴィンが冷ややかな眼差しでクラリスを見る。

クラリスは肝を冷やして無言でうつむいた。

ジャックが間を取り持つように明るく言う。

「こんなに天気がいいですからね。若い娘さんが閉じこもってばかりいては、気落ちするかと、僕が無理矢理連れ出したんです」

アルヴィンは愁眉を開いた。

「そうか、ジャック。いろいろ気を遣わせて悪かったね。すまない」

「いえいえ。甥っ子として当然のことをしたまでです」

ジャックはにっこりし、クラリスに手を振った。

「それじゃあ、また。次はパノラマ館にでも行こうよ」

彼が隣家に姿を消すと、アルヴィンが静かだが怒りを含んだ声を出す。

「――クラリス、私との約束を破ったね」

クラリスは彼の怒りをひしひしと感じ、震え上がった。

「だって――ジャックは知らない人じゃないし……」

「口答えは許さないよ。クラリス、後で書斎まで来なさい」

アルヴィンはそれだけ言うと、さっさと先に屋敷に入ってしまった。

クラリスはただいまの口づけもしないでアルヴィンに背を向けられ、すっかり意気消沈してしまう。

おずおずと書斎に入ると、アルヴィンが書き物机に向かってなにか書類にサインしていた。鈍く光る銀色の万年筆を使っている。

その昔、アルヴィンに無断でデパートに買い物に行って購入した、彼への誕生日プレゼントだ。今でも彼が大事に使ってくれていることに、胸がとくんと高鳴る。

「あの――おじさま」

恐る恐る声をかけると、アルヴィンはことりと万年筆を置き、有無を言わさぬ声で命じた。

「ここに来なさい」

クラリスはびくりと肩をすくませた。いつも穏やかなアルヴィンが怒りを抑えた低い声が、恐ろしくてならない。動けないままでいると、苛立ちを含んだ声でもう一度言われる。

「来なさい、と言っている」

クラリスは黙って書き物机の側まで歩み寄った。心臓がばくばくしている。うつむいていると、厳しい声音で命じられる。

「私の顔を見るんだ」

そっと顔を上げ、アルヴィンの怜悧な青い瞳を覗き込んだ。怒りに満ちていると思っていた彼の瞳の中に、かすかな妖しい光りを感じ背中が震える。

「私の言いつけを守れなかったね——お仕置きだ。机に手をつきなさい」

お仕置きされるのは、ずいぶん久しぶりだった。

言われるままに机に両手をつくと、アルヴィンがゆっくり立ち上がる。

彼は背後に回りスカートを大きく捲り上げた。ドロワーズを乱暴に引き下ろされた。

「っ——」

育ち上がったぷりんと丸い尻が剝き出しになり、クラリスはぎゅっと太腿を閉じ合わせ、羞恥に唇を嚙みしめる。

「言ったろう、けっして私以外の男性と出歩いてはならないと」

冷ややかな声と共に、ぱしん、と小気味のよい音を立ててアルヴィンが平手で尻を叩いた。

「痛ぅ……っ」

激痛にクラリスは涙目になる。

「ごめんなさい、おじさま——ジャックなら知らない男性ではないと……」

「言い訳は聞かないよ」

ぱしん、二発目はさらに強く叩かれ、背中を仰け反らして耐えた。

「あうっ――ごめんなさい。もうしません……許して」

じんじん痺れる痛みに耐えていると、ふいに大きな手の平が優しく尻を撫で回した。

「反省しているなら、お仕置きは終わりにする」

クラリスはほっとして緊張を解いた。

背後からそっとアルヴィンが抱きすくめてくる。

「――君は自分の危うい魅力に自覚が無さすぎる」

アルヴィンは、クラリスの桜貝のように薄い耳朶に唇を押しつけた。

「あっ……？」

ぞくりとした不可思議な感覚が、耳裏から背中にかけて走った。

「この柔らかな耳朶――」

ぬるりとなにか熱いものが耳朶から耳殻を這い回る。それがアルヴィンの舌だと気がついたときには、彼の舌は耳孔の奥に差し込まれ、くちゅくちゅと淫らに掻き回してきた。

「あ、や……」

水音が大きく鼓膜に響き、擽ったさとわけのわからない熱で体温がみるみる上昇し、鼓動が速まる。身をすくませていると、濡れた舌が今度はうなじを這い回る。

「細い首――」

アルヴィンの吐息が首筋にかかると、ぶるっと肩が震えた。

「ジャックが好きか？　彼にキスをされたりしたのか？」

思いもかけないことを聞かれ、クラリスは首を振る。

「そ、そんなこと――」

「この育ち上がった胸に触れられたか？」

首筋に舌を這わせながら、背後から胸元に手を差し込まれ、コルセットの内側の膨らみを持ち上げるように摑まれた。

「あっ」

驚いて身を振りほどこうとすると、さらに手に力を込められ、柔らかな双乳を交互に揉(も)みしだかれてしまう。筋張った大きな手に乳房を揉み込まれると、どういうわけか乳嘴(にゅうし)がつんと尖ってくる。今までそんな部分を意識したことがなかったので、狼狽(うろた)えた。

「この、感じやすい可愛い蕾(つぼみ)――」

アルヴィンの指は、凝(しこ)った乳首を摘(つま)み上げた。言いようのない疼きが走り、思わず腰が浮く。

「あ？　あぁ……あ」

泣きたいほど恥ずかしいのに、なにかじんわりとした甘い感覚が腰から下に走った。

「ん？　どうした？　感じてきたのか？」

耳孔に熱い息を吹き込みながら、アルヴィンは凝って芯を持ってきた乳首を指の間で揉み気がした。

「や……あ、だめ、あぁ、やぁ……」

乳嘴の先から甘い痺れがひっきりなしに下腹部へ走り、身体の奥が脈打ってうねるような
解すように転がした。

「可愛い私の天使――」

悩ましい声でささやかれ、はしたなく尖った乳首をしなやかな指先が摘んだり、こりこり転がしたりすると、下肢の中心のあらぬ部分が焦れたように疼き、その感覚の正体がわからないクラリスは、なんとか紛らわそうともじもじと太腿を擦り合わせた。

「気持ちよくなってきたか？」

艶めいた声で言われると、せつない感覚がさらに迫り上り、どうしていいかわからない。

「やめて……おじさま、恥ずかしい……」

頬を上気させて肩を震わせると、アルヴィンのもう片方の手が、ゆっくりと剝き出しの下腹部へ下りてくる。

「恥ずかしいのは、私を男として意識しているからかな？」

すべすべした太腿を上下に撫でられると、ぞわっと怖気にも似た疼きが全身を駆け巡り、クラリスは本能的な恐怖を感じ、身を捩っていやいやと首を振った。

「な、なにを言っているの……おじさま、やめ……て」

するとすかさず、疼き上がった乳首をきゅうっと強く摘まれた。

「あぅ……っ」

じんと痺れる甘い感覚に、思わず艶めいた喘(あえ)ぎ声が漏れてしまう。体温がどんどん上昇し、膝が恐怖なのか快感のためなのかがくがくと震える。

「ここも、感じていないか？」

アルヴィンの手の平が、太腿から薄い和毛(にこげ)に覆われた下腹部を撫で回した。恐怖と謎の猥(みだ)りがましい感覚に、腰が跳ねた。

「あっ、いやっ……そんなところ、触っちゃ……っ」

長い指先が、薄い茂みの奥の割れ目にまで潜(もぐ)り込んできた。

「ああ……？」

ぬるりと秘裂(ひれつ)をたどられると、疼き上がる快感に悩ましい声を上げそうになり、必死で歯を食いしばった。

「すっかり濡れている——君がこんなにも淫らな身体に育っているとは思わなかった」

くちゅっと恥ずかしい水音が立ち、クラリスは恥ずかしさで頭がくらくらしてくる。振りほどいて逃げたいのに、抱きすくめられて恥ずかしい箇所を指で撫で回されると、甘い痺れに両脚の力が抜けてしまう。

「いやぁ……違う……やめて、そこ、弄(いじ)らないで……なんだか……」

「なんだか？　どうしたのだね？」

アルヴィンは意地悪い声を出し、片手で交互に尖った乳首を弄りながら、淫唇を何度も上下に撫で擦る。そうされると、触れられた箇所が甘く蕩けて、身体の奥のほうからなにかがとろりと溢れ出すような気がした。

「なんだか……変に……いやっ……変な気持ちになって……あ、ぁ」

泣きそうなほど恥ずかしいのに、淫らな気持ちが込み上げて、アルヴィンの愛撫を悦んでいる自分がいる。

「変な？　――気持ちいいのだろう？」

「や、あぁ、あ……ん……」

こんな行為に感じてしまうことが恥ずかしくてクラリスは答えることができず、いやいやと首を振った。

「可愛い私の天使――もっと変にしてあげよう」

アルヴィンは指先に溢れた愛液を掬い取ると、割れ目の上のほうに佇んでいる小さな突起をぬるりとなぞった。

「はっ、あっあ？」

その瞬間、どくんと突起が膨れ上がり、痺れるような快感が背筋を走り抜けた。

アルヴィンは充血した秘玉を、円を描くように何度も転がす。

「ひ、やぁ、そこ、や、ああ、あぁ、あ……っ」

痺れを伴う心地好さに、思わず腰が揺れしまう。その一方で、この淫らな快感に溺れそうになる自分が恐ろしい。

「ここがいいだろう？　こんなに硬く尖って――ああ蜜がどんどん溢れてくる」

アルヴィンは熱を帯びた低い声でささやき、どくどく脈動しはじめた花芯を摘み上げたり指の腹で小刻みに揺さぶったりする。

「あ、あぁ、あ、だめ、あ、あぁ」

下腹部の奥がずきずき蠢きはじめ、小さな突起のもたらす快感は耐え切れないほど増幅して、クラリスはなにかに追いつめられてびくびくと腰を痙攣させる。

「やめ……あ、なにか……あぁ、なにか、来る……あ、やぁっ」

ぎゅっと閉じた瞼の裏側が、ちかちか点滅し白く染まっていく。もはや、アルヴィンの指が与える快感のことしか考えられない。

もっとして欲しいような、もう許して欲しいような、矛盾した欲望に思考が混乱してしまう。

「いいんだ、クラリス――このまま達っておしまい」

アルヴィンが耳朶をきゅっと甘噛みし、ぐちゅぐちゅと愛蜜を弾けさせ、執拗に淫らに膨れた陰核を撫で擦った。

「あ、あ、や、熱い……あ、だめ、変に……あぁ、だめっっ」

なにかの限界に達し、今まで経験したことのない衝撃が下腹部に走る。

「あ、んあ――あぁぁあっ」

直後、身体の芯が蕩けてしまいぐったりしてしまう。

クラリスは糸を引くような悲鳴を上げ、白い喉を仰け反らして全身を硬直させた。

「ふ……ふぁ、は、はぁ……」

アルヴィンの腕に支えられて、クラリスは浅い呼吸を繰り返した。

「――私の天使が、初めてエクスタシーを知ったね」

彼は感に堪えないという声を出し、腕を解いた。クラリスはぐったりと書き物机にうつ伏せに頽れた。黒檀の冷たい机に火照った頰を押しつけて息を整えていると、アルヴィンが背後に跪く気配がした。

「おじ……さま？」

男の両手が太腿を大きく割り開く。

「きゃあっ」

アルヴィンに、濡れそぼった秘裂や戦慄く太腿が丸見えになったと思うと、羞恥で悲鳴を上げた。慌てて脚を閉じようとすると、両脚を抱え込まれてしまう。

アルヴィンの長い指が柔らかな尻肉を這い回り、割れ目を左右に大きく開いた。

「いやぁ、ああっ」

窄まった後孔も、薄い恥毛に包まれた秘裂も、膨れた秘玉もなにもかもアルヴィンの目の前に晒される格好になった。

「いやあ、見ないで……おじさま、お願い……」

クラリスはぶるぶると首を振った。

「朝露に濡れた薔薇の花びらのようだ――無垢で美しいのに、ひくひく震えて男を誘っている」

さらに淫唇に指がかかり、ひくついた膣襞も尖った花芯もぱっくりと暴かれた。

「あ、あ……やめて、恥ずかしい……」

あまりの羞恥に、頭がくらくらして目眩がしてくる。

「でも、花芽がますます尖ってきている。いやらしくて甘い匂いがぷんぷんしているよ」

吐息が感じられるほど、アルヴィンの顔が股間に寄せられる。

クラリスは息を詰めて身体を強ばらせた。

アルヴィンの視線を痛いほど感じると、下腹部の奥がきゅんと疼き、奥から愛蜜がさらに溢れてとろりと太腿まで伝わるのがわかり、狼狽してぎゅっと目を瞑った。

「なにもしていないのに、いくらでも愛蜜が溢れてくるね。可愛いクラリス」

唇を噛みしめて耐えているのに、秘裂がひとりでにひくひくと戦慄いてしまう。

と、ふいに濡れた温かいものが、クラリスの秘裂に触れ、ねっとりと這い回る。

「ひ……あ？　ぁあ？」

クラリスは一瞬なにが起こったか理解できなかった。

アルヴィンが両手で秘裂を大きく開き、そこを舐めているのだ。

「いやぁ、おじさま、なにするの？　そんなところ……っ」

身体を起こそうともがいたが、片脚をしっかりと抱え込まれ、机の上でじたばたするだけだった。

その間に、アルヴィンは濡れそぼった淫唇や充血して膨れた秘玉を口腔に咥え込み、ちゅうっと音を立てて愛蜜を啜り上げた。

「く……はぁ、あ、あぁっ」

淫らな感覚に、背中がぞくぞく震えた。

滑らかな舌が媚肉の狭間をぬるぬると舐め回すと、下肢が蕩けそうなほど甘く感じてしまい、太腿が小刻みに震えた。

「や、だめ、そんなとこ……汚い、のに……っ」

膣襞の一枚一枚を丁寧に舐られ、クラリスはえも言われぬ快感に息を乱した。

「なにも汚くない——君の身体のどこもかしこも、美しく美味だ」

アルヴィンは低くつぶやき、ぴちゃぴちゃと淫猥な水音を立てて、繰り返し熟れた淫襞を舐めていく。

クラリスは机にしがみついて、羞恥と快感に必死で耐えた。

と、鋭敏な突起が口腔に吸い込まれ、舌先がぬめぬめと秘玉を転がした。

「や、ああ、だめ、だめぇ……っ」

激しい愉悦に頭が真っ白になり、腰がびくびくと跳ねた。

「はぁ、は、あ……おじさま、許して……あぁ、ふぅあぁ」

鋭敏な花芽を、口唇と舌で扱く(しご)ように何度も吸い上げ転がされ、短い絶頂が繰り返し襲ってくる。

エクスタシーを極めては降り、極めては降り、とめどない歓喜にクラリスは息も絶え絶えになる。

秘玉を刺激されると、隘路(あいろ)の奥がむずむずと蠢き、なにかで満たして欲しくてたまらなくなる。なぜ、そんな欲求にかられるか、自分でもわからないまま、腰をもじもじとのたうたせる。

「あ……ひぅ、あ、はぁ、や、だめ……も……う……」

クラリスの密かな欲求を見抜いたかのように、アルヴィンは秘玉を咥え込んだまま、花弁(かべん)の奥に厚い舌を押し入れてきた。

「あっ、あぁぁっ、あふぁあ」

疼く内部をくちゅくちゅと掻き回され、どうしようもなく感じ入ってしまう。クラリスは紅い唇を半開きにし、犬のよう舌を覗かせて妖艶に喘いだ。

「いやぁ、もう……あぁ、もうだめ、おじさま、許して……ぇ」

咽喉を仰け反らせて、あまりの喜悦に感涙にむせびながら訴える。

すると、秘玉を咥え込みながらアルヴィンが、長い指を戦慄く膣襞の奥へぬるりと突き入れてきたのだ。

「ひぅ、あ、なに？　指、挿れちゃ、だめ……っ」

内側から押し広げられるような圧迫感に、涙声で懇願する。が、骨張った指のひんやりした感触に、隘路が勝手にきゅんと甘く締めつけてしまう。

「さすがに狭い——だが、よく濡れて熱い」

アルヴィンがくぐもった声を出し、再びちゅうっと秘玉を吸い上げ、さらに膣奥で指を小刻みに揺さぶってきた。

「あ、あぁ、は、あぁ……」

未だかつて経験したことのないせつなく熱い感触に、腰がひとりでに浮き上がってしまう。

アルヴィンのしなやかな指が、お臍の裏側のどこかせり出した部分をゆるゆると擦ると、深い喜悦がじんわりとさざ波のごとく身体中を蝕んでいく。

「やあ、そこ、あ、そこ、だめ、しないで……あぁっ」

重苦しい愉悦に息が詰まりそうだ。

「――ここが、君の感じやすい部分だね。びくびく締めつけてくる」

アルヴィンが愉しげな声を出し、舌先で花芯を突つきながら、さらに膣腔の感じやすい部分を指で押し上げてくると、なにか尿意にも似た切羽詰まる快感が湧き上がり、たまらなくなってしまう。

「あ、ひぁ、あ、や、だめ、なんだか、あ、だめ……っ」

クラリスはもはや数え切れないほど短い絶頂を上書きされ、息も絶え絶えだ。

「やぁ、だめ、おじさま、そこだめ、そこは……漏れちゃ……あぁ、なんだか、漏れて……っ、やあっ」

このままではアルヴィンの前で粗相をしてしまう。

クラリスは内腿をぶるぶる震わせ、強くいきんで堪えようとした。そうすると、ますます男の指を嬉しげに締めつけてしまう。

「ここがいいんだね、クラリス――」

アルヴィンが熱い息を吐き、執拗にそこを指で突き上げてくる。

「だめ、だめ、私……あ、あぁ、だめぇっ」

クラリスは机に顔を押しつけて、必死に懇願した。

だが意地悪な指は動きを止めず、遂にクラリスは啜り泣きながら激しく達してしまう。

同時に、なぶられた箇所からどうっと熱くさらさらした潮が噴き出し、股間も太腿もぐっしょりと濡らしてしまった。

「はぁ、は……ひ、う、ひどい……だめだって……言ったのに……」

クラリスはびくびく腰を痙攣させながら、声を震わせる。

「恥ずかしいことではない。君がとても気持ちよくなった証拠だよ」

アルヴィンはぬるりと指を引き抜くと、再び股間に顔を埋め、大量の愛潮を啜り上げた。

クラリスはびくんと大きく腰を浮かせる。

「あ、だめ、汚な……」

「君のもので、汚いものなどないと、言ったろう？」

アルヴィンはぴちゃぴちゃと猥りがましい音を立て、クラリスの陰唇から尻肉、太腿まで丁寧に舐め回した。

もはや力尽きたクラリスは、机に突っ伏したままされるがままになっていた。

やがてすべてを綺麗に舐め尽くしたアルヴィンが、ゆっくり身を起こした。

彼は汗ばんで額や頬に張りついたクラリスの後れ毛を、優しく撫でつけた。

「もうすっかり、大人の身体に育っていたのだね、クラリス」

クラリスははしたなく乱れてしまったことを今さらながらに恥じて、首を小刻みに振った。

「恥ずかしがることはない。これからは、君に大人の女性の悦びを教えてあげよう。君に触れられるのは、私だけだ。他の誰でもない、この私が、君をめくるめく世界に導いてあげる」

甘く恐ろしい呪文のように、その言葉が耳孔に響く。

（おじさまは、私になにもかも教えてくださる……知りたいような少し怖いような——）

クラリスの胸は千々に乱れた。

だが、恋するアルヴィンに連れて行かれる淫靡で蕩ける大人の世界を、もっと知りたいという欲求には逆らえない。

（こんな想像もしなかった快楽を知ってしまったら……）

クラリスは絶頂の余韻にまだ酔いながら、自分が戻れない一歩を踏み出してしまった、と感じていた。

第三章　花が散る

——翌朝。

初めての淫らな官能を味わったせいで、思ったより疲れてしまったらしい。クラリスはいつもよりも寝過ごしてしまった。

気怠く瞼を開けると、傍らに寝ているアルヴィンが、片手で本をかざして読んでいた。もう片方の手が、クラリスの腕枕になっている。

アルヴィンは彼女を起こさないようにと、気遣ってくれているのだ。

「あ——」

もぞりと身動きしたので、アルヴィンが端整な顔をこちらに振り向けた。

彼はいつもと変わらぬ笑顔を浮かべる。

「おはよう、私の小鳥さん」

「お、おはよう……おじさま」

ふいに、昨夜の淫らな愛撫で感じまくってしまったことを思い出し、恥ずかしくて上掛けを目の上まで引き上げて顔を隠す。

「どうした？　起き抜けのあどけない君の顔をよく見せてくれ」

「や……」

いやいやと首を振ると、アルヴィンが強引に上掛けを引き下ろしてしまう。

「ふふ――恥じらう顔がほんとうに可愛らしい」

彼は愛おしげに覗き込み、クラリスの身体に回した腕で彼女を引き寄せ、唇を覆ってきた。

「んっ……」

いつもと同じ口づけなのに、昨夜の体験を経ると、ひどく悩ましく淫らな行為に感じてしまう。下腹部がちくちくとざわめいて、クラリスは自分の敏感な反応に内心狼狽えた。

潤んだ灰色の瞳で見上げると、アルヴィンが眩しそうに目を細めた。

「その透き通った瞳の色は、出会った頃から変わらないね。男を惑わす魔性の瞳だ。だから、君をひとりで外出などさせたくないのだ」

自分ではそんなつもりなどないのに、アルヴィンは考えすぎだとクラリスは思う。

ふいにアルヴィンは表情を引きしめ、生真面目な口調になった。

「社交界デビューの最後の仕上げは、秋の社交界シーズンの終わりに、王宮で女王陛下からお祝いの言葉をいただく行事、『王宮での初拝謁』に極まる。これは、厳正な審査で許可された淑女しか拝謁を賜われない、特別の行事だ。この『王宮での初拝謁』で女王陛下から君に最高の祝辞をいただくことが、私の最終目標だ。首都一の貴婦人だと、自他共に認めさせる。それが、君を育ててきた私の最後の仕事だ」

「最後の……」

そこで父と娘としての関係に終止符を打たれてしまうのだろうか。

クラリスは胸の奥が鋭く痛んだ。

アルヴィンはさらに真剣な表情になった。

「そして——社交界シーズンが終わったら、君に話すことがある」

クラリスは首を傾ける。

「なんなの？　おじさま、今じゃだめなの？」

「大切な話だからね。きちんと区切りをつけたいんだ」

「区切り——？」

クラリスが、アルヴィンの言葉の意味を計りかねて無言でいるうちに、彼はベッドから下りた。

ガウンを羽織りながら、クラリスを振り返る。

「今日は、会社の得意先との接待があって帰りは遅くなる。先に休んでいていい。いい子にしておいで」

クラリスも慌てて起き上がろうとすると、アルヴィンが手で制した。

「見送りはいい——ゆっくり朝寝をしていなさい」

クラリスはこくりとうなずき、シーツに身を沈めた。アルヴィンはそのまま寝室を出ていった。

ベッドでうとうとしながらぼんやり考える。

(大事なお話って、なんだろう……)

見当もつかなかった。


昼前に、遅い朝食をひとり摂っているときだった。

玄関ホールで執事長と、誰か女性が押し問答している声が聞こえてきた。

女性の声は怒りを含んで甲高かった。

クラリスはなにごとだろうと、食堂を出て玄関ホールに向かった。

戸口で、背の高い金髪の女性が執事長を押しのけようとしている。

「とにかく中へ入れてちょうだい！　クラリスって娘さんに用があるのよ！」

「旦那さまから、お嬢さまには見知らぬ客は会わせぬようにきつく申しつかっております」

「だから——そのアルヴィンの件で、話があるのよ！」

「——おじさまのことで……？」

クラリスは思わず声に出してつぶやいた。

その声に金髪の女性が、はっとしてこちらに顔を振り向けた。

彼女は二十代半ばくらいだろうか、明るい青い瞳を持った彫像のよう顔立ちの整った美女だ。まだ午後なのに、デコルテが深い真っ赤なドレスを着て、成熟した胸の膨らみやメリハリの利いた身体のラインがくっきり浮かび上がっている。

少し濃いめの化粧も美貌を引き立てていて、大人の女性の魅力に溢れていた。

「あなたが——クラリス嬢？」

女性がキッとクラリスを睨みつける。クラリスは少し怯えてしまう。

「は、はい……」

女性は執事長を押しのけ、つかつかと近づいてきた。

「私は、リーザ。バイロン伯爵家の娘よ。あなたと話したいことがあるの」

見知らぬ女性のきつい目つきに腰が引けていたが、クラリスはアルヴィンのことなら、なんでも受け入れたかった。

「わかりました。執事長、お客さまを応接室にお通しして」

執事長は気遣わしげな表情をしたが、黙ってクラリスの命令に従った。

身支度を整えたクラリスが応接室に入っていくと、リーザと名乗った女性は、落ち着かなく暖炉の前を行ったり来たりしていた。

「お待たせしました。どうぞ、お座りください」

クラリスがソファをすすめると、リーザは苛ついた様子で腰を下ろした。向かいにクラリスが座るや否や、彼女は口を開いた。

「あなた、義理の父親のことをいつまで束縛するつもりなの!?」

クラリスは不意打ちを食らって、ぽかんと目を見開いた。

「え――私が……?」

リーザは噛みつかんばかりに言い募る。

「あきれた。あなたって、あのアルヴィンがずっと独身でいるわけを、考えたことがなかったの?」

まだ相手の言わんとすることが理解できず、クラリスはきょとんとしていた。

リーザは苛立たしげに声を荒くした。

「あんなに身分も容姿も財産も申し分ない男性が、なぜ妻を娶ろうとしないのか、わからないの? あなたがいるからよ!」

「わ……たしが?」

クラリスの無自覚さに、リーザは怒りを隠し切れない様子だ。

「あの人は、どんな女性が迫っても、けっして心を開かないのよ。私は何年も前から、ずっとアルヴィンのことが好きだった。恥を忍んで、私から気持ちを打ち明けたのよ。でもあの人は、あなたが一人前になるまでけっして恋人を作らない、そう言ったわ。あなたがりっぱな貴婦人になるまで、ずっと守るんだって。あの人の頭の中は、あなたのことでいっぱいよ。

可愛くて綺麗な義理の娘を育てることだけしか考えていないの」

リーザの言葉はクラリスの胸に深く突き刺さった。

「おじさまが、そんなことを……？」

リーザは言いながら気が昂ってきたのか、涙目になった。

「いい気なものね。あなたはアルヴィンに愛情を注がれることを、当然として受け入れているけれど、それが彼の幸せを奪っているとは気がつかないの？」

クラリスはその言葉に衝撃を受けた。

「私が、おじさまの幸せを――」

「あなたとアルヴィンは、血の繋がりがない父娘なのに、彼は実の娘以上にあなたを大事にしている。それをあなたはあたりまえみたいに平然としているけれど、そろそろアルヴィンを自由にしてあげてもいい頃じゃないの？　彼の男性としての幸せを、あなたが奪っているのよ。あなたが側にいる限り、あの人はどんな女性にも振り向きもしないんだわ！」

感情を爆発させたリーザは、両手で顔を覆って嗚咽を堪えた。

クラリスはあまりのショックに返す言葉もなかった。呆然として、肩を震わすリーザを見ているだけだった。

しばらくしていくらか気持ちが落ち着いたのか、リーザはハンカチで涙を拭いた。そして憎々しげにクラリスを睨みつけながら、席を立った。

「あなたがもし、アルヴィンの愛情に恩を感じているのなら、あの人から離れてあげることだわ。あなたも、もう貴婦人として社交界にデビューなされたんでしょう？　早く結婚相手でも見つけて屋敷を出て、アルヴィンの束縛を解いてあげてちょうだい！」

言いたいことはすべて言い終えたのか、リーザは靴音を立てて応接室を出ていった。

クラリスは、彼女を見送りに立ち上がることすらできなかった。

胸の中は、アルヴィンに対する罪悪感でいっぱいだった。

(気がつかなかった――私がずっとおじさまの人生を縛りつけていたなんて……)

祖母が亡くなってからずっと、アルヴィンに育てられてきた十三年間。

二十代の若者だったアルヴィンは、三十代半ば過ぎの男盛りになっている。

その間、クラリスが知る限りでは彼に女性の存在は感じられなかった。先ほどのリーザの言葉から推測するに、ほんとうに恋人のひとりも作らず、クラリスを育てることだけに心血を注いでくれたのだ。

なのに、自分はそんなことも気がつかず、アルヴィンの愛情を独り占めしていたのだ。その陰に、リーザのように心を砕かれた女性が多々いたに違いない。

考えれば、アルヴィンほどの魅力的な男性が、恋人のひとりもいないなど、おかしいことだったのだ。

(私はおじさまの幸せを踏みにじっていたんだ……)

アルヴィンがいつまでも側にいていいと慈悲深いことを言うから、すっかりその気になっていた。だが、いい歳をした義理の娘が彼に張りついていたら、アルヴィンは幾つになっても恋人も作れず結婚もできないに違いない。

（ここまでなに不自由なく育てていただいて——私ももう、おじさま離れをしなくてはいけないのだわ）

そのことを考えると、心臓が摑み出されるように痛んだ。

（だけど——今までずっとおじさまが私の幸せだけを考えてくれたように、私もおじさまの幸せを願わなくてはいけない）

クラリスは打ち拉がれていた。

自分の部屋に戻り、オウムのプリンスの入った鳥籠をぼんやり眺めていた。

「ムカシムカシ、ウツクシイオヒメサマガオリマシタ」

プリンスが流暢にしゃべり出す。

「オヒメサマハ、ワルイマジョニマホウヲカケラレ、オシロデエイエンノネムリニツキマシタ。ケレド、オヒメサマガトシゴロニナッタコロ、ヒトリノステキナオウジサマガアラワレ、オヒメサマニキススルト、オヒメサマハメヲサマシマシタ。フタリハイツイツマデモシアワセニクラシマシタ」

アルヴィンは、プリンスにいくつものおとぎ話を教え込んだ。

彼が仕事で不在のとき、クラリスが寂しくならないようにとの心遣いだった。この「眠り姫」のお話はクラリスのお気に入りだった。

いつか、自分にも王子さまが現れること夢見ていた。

だが、その相手は優しい義理の父だった。

親子として以上の愛情を感じてはならなかったのだ。

(私にできることは、早く一人前の貴婦人になって結婚相手を見つけ、このお屋敷を出ていくことだわ。おじさまを私から解放してさしあげることだ)

クラリスは自分にそう言い聞かせた。

だがそう決心するのはあまりに苦しく、胸を抱えるようにして自分を強く抱きしめ、じっとソファにうずくまっていた。

ふいに、庭に面した窓をこつこつとノックする音がした。

ぎくりとして顔を振り向けると、庭にジャックが立っていて窓越しに合図した。

クラリスは急いで窓際に行き、窓を開く。

「まあ、ジャックったら、そんなところから？」

ジャックが悪戯っぽくウインクした。

「玄関に回ると、執事長が番犬みたいにうるさいからね。君に会うのなら、庭伝いからこっちのほうが手っ取り早い。クラリス、今夜は叔父さんは帰りが遅いって聞いたから。僕と食事に行かないか？　セント・ジェイムズ通りに、美味しいレストランがあるんだ。その後で、ナイトクラブに行かないか？」

クラリスは一瞬躊躇した。

アルヴィンからの厳しい言いつけがあったからだ。

だが、今のクラリスは、リーザの言葉に動揺していた。もっと世間に出て他の人とも知り合い、アルヴィンから自立しなくてはいけないという思いにかられていた。

これからは、知らない男性とも積極的にお付き合いする必要がある。そのためにも、まず知古のジャックと外出することから始めてみよう、と思ったのだ。

「——わかったわ。ただしあまり遅くなる前に、屋敷に送ってね」

いつになく乗り気な彼女に、ジャックが嬉しそうにうなずく。

「わかっているって。叔父さんが戻る前には、ここに送り返すよ」

クラリスは急いで着替えをすますと、執事長にだけ外出することを伝えた。

「おじさまがお帰りまでには戻るから、内緒にしておいて」

屋敷の使用人たちはおおむねクラリスには甘く、彼女に頼み込まれるといやと言えない。

執事長は相手がアルヴィンの甥であるということで、しぶしぶ承諾した。

二人はジャックの馬車でセント・ジェイムズ通りまで出かけ、洒落たレンガ造りのレストランで食事をした。

レストランには多くのカップルが食事を楽しんでいて、クラリスは改めて世間には恋人同士がいかに多いかということに気がついた。今まで、彼女の視野にはアルヴィンしか入っていなかったからだ。

「ここにいる貴婦人の誰よりも、君が飛び抜けて美しいな。僕は鼻が高いよ」

ジャックはいつにもまして機嫌がよかった。

食事の後は、ジャックの行きつけだという近くのナイトクラブへ行った。

そんな夜の社交場に行くのは、生まれて初めてだった。

灯りを絞ったナイトクラブの中は、お酒と煙草の匂いで満ちていた。

大人びた雰囲気の男女が蠟燭の灯りだけの小さなテーブルに着き、顔を寄せてささやき合ったり、お酒を酌み交わしたりしている。

奥の色っぽい照明に照らされた舞台の上では、異国風の衣装の踊り子が悩ましい動作で踊っている。

案内された席に座ったクラリスは、物珍しくてきょろきょろする。

「さあ、クラリス乾杯しようよ」

ジャックが運ばれてきたグラスの片方を、クラリスに差し出した。琥珀色のお酒が注がれている。

「私――お酒を飲んだことがないのよ」

戸惑(とまど)っていると、ジャックがにっこりする。

「じゃあ、今夜がお酒デビューの日だ。大人の貴婦人は、少しくらいお酒を嗜(たしな)むほうがいいよ」

そう促(うなが)され、グラスを手に持つ。

「では、僕たちの未来に乾杯」

「私たちの？」

「そうさ。僕らの幸せを祈ってね」

ジャックの言葉の意味を計りかねていたが、場の雰囲気を考えて乾杯した。

グラスに口をつけると、濃厚な酒の芳香が口いっぱいに広がり、一口飲み下すと胃の中がかあっと熱くなった。

「あ——なんだか、ぼうっとしてしまうわ」

生まれて初めてのアルコールに、クラリスはたちまち酔いが回ってしまったようだ。

「それでいい。ふわふわいい心地になるよ」

ジャックは一気にグラスをあおり、通りかかったウェイターにお代わりを注文した。

「クラリス、君はほんとうに素敵だ——たまらないよ」

ジャックがこちらに顔を寄せて、吐息まじりにねっとりとささやく。

「ジャックたら……なんだかいつものあなたじゃないみたいよ」

クラリスはいつも明るく冗談好きなジャックしか知らないので、どう応対していいのか戸惑ってしまう。

ジャックはウェイターの運んできたグラスを受け取ると、それもひと息にあおってふーっと酒臭い息を吐いた。そしてさらに顔を近づけてくる。

「いつもって——僕は変わらないよ」

彼の普段は陽気な目元が怖いほど真剣で、クラリスは本能的な恐怖を感じる。

「子どものときから、いつも君を見ているんだ。クラリス、君だけを」

ジャックがテーブルの上に置いたクラリスの手に、自分の手を重ねた。

クラリスが慌てて手を引こうとすると、ぎゅっと強く握られた。

「ジャック——あなた酔っているわ。手を離して」

「君の魅力に酔っているんだ」

ジャックの目元が赤く染まっている。

クラリスは頭の中で危険信号が点滅するのを感じる。

「そろそろ帰らないと——おじさまに見つかったら、今度こそひどく叱られてしまうわ」

席を立とうとすると、ふらっと足がもつれた。

「きゃ……」

「おっと、危ない」

素早くジャックが立ち上がり、腰を支えてくれた。

「ありがとう。もう帰りましょう」

そう言って歩き出そうとするが、ジャックは腰に回した手を離さない。クラリスは身を捩(よじ)ってその腕を振りほどこうとした。

次の瞬間、強く引き寄せられた。

「あっ」

ジャックの唇が口唇に触れそうになり、クラリスは思わず彼を突き飛ばした。

「なにをするの！」

ジャックは心外だという表情になる。

「なにって——キスくらい、いいだろう？」

もう一度腰を抱かれそうになり、クラリスは慌てて身を引いた。

「やめて！　ひとりで帰るわ」

きっぱり言うと、背を向けて足早に出口に向かった。

「待って、クラリス！」

背後でジャックの声が聞こえたが、そのまま店を飛び出した。

通りで辻馬車を拾い、屋敷の住所を告げる。

馬車が走り出すと、どっと緊張が解け深く息を吐いた。

(まさか、幼馴染みのジャックがあんなことを――)

ずっと仲良しの友だちだと思って信頼していただけに、彼の突然の行動がショックでならない。両手で顔を覆ってぎゅっと目を瞑(つぶ)り、動揺を抑えようとする。

混乱する一方で、こんなことで心が揺らぐ自分が情けないと思った。

アルヴィンから自立するのだと、決心したばかりなのに。

アルヴィン以外の男性ともお付き合いするのだと、自分に言い聞かせたのに、顔馴染みのジャックの思いもかけない行動にすら狼狽えてしまう。

(こんなんじゃ、だめなのに……)

口惜(くちお)しいと思うのに、どこかでほっとしているのも事実だった。

(私、やっぱりおじさまでないとだめなんだ。おじさま以外の男性とは、知り合いのジャックですら、手を握られてもぞっとしてしまうんだ……)

アルヴィンとの深い口づけの悦(よろこ)びや、指や口唇愛撫で蕩(とろ)けてしまう深い官能の愉悦がまざまざと蘇(よみがえ)ってくる。

他の男性とあのような行為をする自分が、まったく想像もできなかった。

(どうしたらいいの？　おじさまの幸せのお邪魔はしたくないのに――でも、他の男性とお付き合いなんて、とてもできない)

クラリスは混乱し切って、唇を噛みしめて心の葛藤(かっとう)に耐えていた。

屋敷に帰り着くと、幸いまだ夜浅い時間だったので、アルヴィンは帰宅していなかった。

玄関扉を開けて出迎えた執事長は、なにか尋ねたそうな表情だったが分をわきまえて無言でいた。

「少し疲れたので、もう休みます」

そう執事長に言いおいて、寝室へ向かった。

寝間着に着替えてベッドの端に腰を下ろしたが、気持ちが昂っていて、到底眠ることなどできない。

初めての飲酒のせいだろうか、鼓動が速く身体中の血がどくどくいう。それはまるで、官能の火に炙られているように、妖しい気持ちを掻き立てる。

そして、やがて帰宅したアルヴィンが自分の傍らに身を横たえて眠るのだと思うと、顔が火照り、身体の芯がきゅんと熱くなる。

いけない、と首を振る。

アルヴィンに触れられたいという淫らな欲求が、ふつふつと下腹部の奥から湧き上がる。

自分はなんて淫らな女なのだろうと、泣きたいほど哀しい。

クラリスは立ったり寝室の中を歩き回ったりして、なんとか気持ちを落ち着けようとした。

深夜。

玄関口に馬車が止まる音がした。

アルヴィンが帰宅したのだ。

クラリスはベッドから抜け出し、寝室の扉に耳を押しつけて階下の物音に耳をすませた。

「お帰りなさいませ」

出迎える執事長の声がする。

「遅くなった。クラリスは？」

少し疲れたようなアルヴィンの声。どんなときでも、彼は真っ先にクラリスのことを心配してくれる。それが、嬉しくもせつない。

「もうお休みです」

「そうか。私ももう、休むとしよう」

アルヴィンが階段を上がってくる気配に、クラリスは慌ててベッドに飛び込み上掛けを頭から被って息を潜めた。

そっと寝室のドアが開き、足音を忍ばせてアルヴィンが入ってくる。

「私の可愛い天使は、もう眠っているかな」

アルヴィンが小声でつぶやき、そっとベッドの端に腰を下ろす。

彼の手が、枕からこぼれているクラリスの長い髪を優しく撫でた。

「よい夢を見なさい」

クラリスは息を殺して、歯を食いしばった。

それから大きく深呼吸し、口を開いた。

「――おじさま」

アルヴィンがぴたりと手を止める。

「すまない――起こしてしまったか？」

「いいえ……」

クラリスは、ゆっくり背中を向けたまま起き上がり、呼吸を整えてから振り返った。

上着を脱ぎ、シャツの胸元を緩めたアルヴィンがそこに座っている。

いつも綺麗に撫でつけた髪が、今は少しほつれて顔に垂れかかり、若やいで見えた。

「おじさま、お話ししてもいい？」

「どうした？　もちろん、いいとも」

クラリスは、ひたとアルヴィンを見つめた。

「おじさま。先日、私が望むならいつまでもお側にいていい、とおっしゃいましたよね」

彼の目元が柔和に和む。

「ああ」

「そのお気持ち、今でも変わりはありませんか？」

「変わるわけがないだろう、私の可愛い天使」

「それなら――」

クラリスは決然と言った。

「私はお側にいるだけでかまわないの。だから、おじさまが好きな人が——意中の女性ができたのなら、私のことなんか気にしないで、その人とご結婚なさってください。もし、その方が私がいることで不快だというのなら、私はどこか離れたところで、ひっそり暮らします。だから、おじさま、どうかおじさまもご自分の幸せを一番に考えてくださってかまわないの。だって、私はもう庇護の必要な小さな子どもじゃないんだもの。おじさまが、私に親としての義務感を感じる必要は、ぜんぜんないんです！」

しゃべっている途中で、鼻の奥がじんと痺れてきた。

込み上げてくるものを、必死で呑み込んだ。

アルヴィンは柔和な表情のまま、黙ってクラリスを見返してきた。

彼は手を伸ばし、クラリスの頬を愛おしげに撫でた。

「君がそんなに思いつめているとは、少しも気がつかなくてすまなかった」

アルヴィンが謝る必要などないのに——クラリスは耐えていた涙が、ぽろぽろこぼれてしまうのを感じた。

その涙を指先で拭いながら、アルヴィンは続ける。

「だけど、義務感などではないのだよ。私は君と暮らしていて、とても幸せだ。他の女性に心奪われ結婚することなど、思いもしないよ。ずっと君と一緒にいたいよ。なぜなら——」

ふとアルヴィンが口を噤んだ。

「クラリス、君、お酒を飲んだかい？」

クラリスははっとして口元を覆った。

それほど飲んだつもりはなかったが、アルヴィンに気取られてしまったようだ。

アルヴィンは眉をひそめ、クラリスの長いプラチナブロンドをひと房手に取り、そっと鼻に近づける。

「それに、髪に煙草の匂いが残っている。また、私に黙って外出したのかな？」

クラリスはさっと血の気が引くのを感じた。

アルヴィンが見咎めるような眼差しで、じっとこちらを見ている。

その青い目に見つめられると、嘘やごまかしが通用しないと思った。

クラリスは肩を落として告白する。

「私——おじさまのために、これからは自立しなければいけないと思ったの……他の男性ともお付き合いする必要があるんだって。だから——友だちのジャックと食事に行ったの。少しずつ、おじさま離れをしなきゃいけないって……」

「他の男性と付き合う必要など、ない！」

静かだが、肌に突き刺さるような鋭い口調だった。

クラリスは声を失って、アルヴィンを見つめた。彼の目の奥に、妖しい光が宿っている。

その瞳を見ていると、全身が総毛立ってくる。

頬に触れていたアルヴィンの指が、クラリスの唇の上をたどる。

「このさくらんぼのような艶々(つやつや)した唇も——」

その感触に、甘い疼(うず)きがじわりと湧き上がる。

唇を撫でた指先が、顎(あご)から目尻をなぞり上げる。

「シルクのようにすべすべした白い肌も——」

アルヴィンの悩ましい形容に、脈動が速まり息が苦しくなる。

指先は、耳の後ろから首筋、肩甲骨(けんこうこつ)に移動し、寝間着越しにふっくらした乳房のいただきに触れる。

「この柔(やわ)らかく滑(なめ)らかな乳房も——」

ちくんと乳嘴(にゅうし)が尖(とが)り、硬く立ち上がってくる。

「誰にも触れさせてはならない——他の男と無理に付き合う必要などない。そんなことをしたら、君の無垢(むく)な心と身体が傷つくだけだ。それとも——他の男に、すべてを奪われてもかまわないというのか？」

「おじさま……そんな——！」

クラリスはふるふると首を振った。

再び涙が溢れてくる。

「いやなの――おじさま以外の男の人と、手を握られるのも嫌なの。でも、でも――ここまで育てていただいた恩に報いるには、早く一人前の大人の貴婦人になって、このお屋敷を出ていくことが、一番おじさまのためになるのだと思って……！」

ふいにアルヴィンが薄い寝間着越しに、つんと凝ってきた乳首をきゅっと摘んだ。

「あっ……」

ぞくんと甘い痺れが、下腹部に走っていく。

「では、私以外の男に一指も触れさせてはならない」

アルヴィンの指先が、こりこりと芯を持って尖った乳首を擦りつけた。

「つ……ぁ、あ」

じわりと下腹部の奥が熱く蠢き、クラリスは太腿を強く閉じ合わせて、迫り上る疼きに耐えようとした。

「大人の貴婦人には、私がしてやる。君が私の幸せを考えてくれるのなら、今のままでいてくれ」

「ふ……ぅ」

アルヴィンが掠れた声を出し、胸を弄りながら顔を寄せてくる。

彼のひんやりした唇が、啄むような口づけを仕掛けてくる。

「ん、ん……」

唇を何度も擦られ、心地好さに口唇が開いてしまうと、相手の舌がぬるりと中へ忍び込んでくる。

「んふぅ、んん」

歯列から口蓋までぬるぬると擦られ、頭が心地好さにじんと痺れる。

口づけだけでも天にも昇るような愉悦を感じ、クラリスはそっと目を閉じてアルヴィンの舌や指の動きだけに神経を集中させた。

(ああ——好き。おじさまが好き——おじさまに触れられるだけで、どこもかしこも甘く蕩けてしまう……)

おずおずと自分の舌を差し出し、アルヴィンの舌と絡ませる。

ちゅうっと強く舌を吸い上げられると、頭が真っ白になり身体中から力が抜けてしまう。

そっとアルヴィンが唇を離すと、クラリスの口の端から溢れた唾液がとろりと流れ落ち、それを彼がぺろりと舐め取る。淫猥な仕草に、背中が震えてしまう。

「クラリス——そんなに大人になりたいのなら、私がすべて教えてやろう」

耳元に顔を寄せられ、吐息と共に艶っぽい声が耳孔に注ぎ込まれる。

「おじさま……なら、かまいません」

せつない声で答える。

「では——望み通りに」

胸元を弄っていた手が離れたかと思うと、アルヴィンの端整な顔が近づいて、寝間着を押し上げてつんと尖っている乳首を、寝間着越しにくっと甘嚙みした。

「痛っ……」

鋭い痛みに身を捩ると、じんじん痺れる乳嘴を布地ごと舌先でねっとりと転がされた。

「あっ……ぁ、あ」

鋭敏な先端から、鋭い快感が下腹部へ走る。

アルヴィンは今度は寝間着越しに尖った乳首を口唇に含み、唇で挟み込みながら濡れた舌先で円を描くように何度もなぞる。

「ん、や……あ、は……ぁ」

固く閉じ合わせた太腿の奥がきゅんと熱く疼き、クラリスはもじもじと腰を蠢かせてしまう。

乳首を吸われるたびに、焦れったいようなせつないような甘い熱が身体中に広がり、居ても立ってもいられない。

「やあ……おじさま、そんなにしちゃ……」

息を乱して弱々しく訴えると、胸の谷間に顔を埋めたアルヴィンがちらりと上目遣いに見上げた。ぞっとするほど色っぽく、またいつもの彼とは違う凶暴さもはらんだ表情だ。

「そんなにしては、なに？」

意地悪げに言うと、再び唾液で濡れた布地から浮き上がった赤い乳首を咥え込む。今度は、ちゅっちゅっと音を立てて、吸い上げた。

「ふぁ、あ、や、吸っちゃ……あ、やぁ、痺れて……」

秘裂の奥のせつなさはさらに強くなり、隘路の奥がひくんひくんと収斂するのを感じる。

自分の淫らな反応が怖くなり、クラリスは身を捩ってアルヴィンから逃れようとした。

だが、アルヴィンはすかさず身体ごとクラリスにのしかかるようにして、ベッドに押し倒してしまう。

「あ……」

長身のアルヴィンに押さえ込まれ、身動きもできなくなったクラリスは、彼の思うままに乳首を吸い上げられ、舐め回された。

「んんぁ、あ、や……あぁ、だめ、ぁ……ん」

逃げたいようなもっとして欲しいような焦れったい疼きに、クラリスの体温はどんどん上昇し、下腹部の蠢きは耐え難いほど切羽詰まってきた。なにかぬるぬるした感触を股間に感じ、やり過ごそうと太腿を擦り合わせる。

アルヴィンが彼女の反応に気がつき、顔を上げてかすかに微笑む。

「たまらなくなってきたか？」

そう言うや否や、アルヴィンは寝間着の裾を大きく捲り上げ、下穿きを引き下ろしてしまった。

「あっ、きゃあ」

真っ白な下腹部が剝き出しになり、クラリスは恥ずかしさに悲鳴を上げる。

アルヴィンの片手が下腹部を撫で回し、きつく閉じ合わせた太腿をやすやすと開いてしまった。

「あ、そこ、だめ……っ」

前に、秘裂をまさぐられひどく感じてしまい、あまつさえ恥ずかしい箇所を舐め回されて、気の遠くなるような快感を得てしまった記憶が蘇る。

「どうして？　また気持ちよくなってしまうから？」

アルヴィンが太腿の狭間から、薄い和毛に覆われたふっくらした恥丘をまさぐった。

「もうすっかりびしょびしょだね」

「うう……恥ずかしいの……」

淫らに濡れそぼっていることを指摘され、羞恥に頭がくらくらする。

膨らみ切った淫核を指で突つかれると、雷に打たれたような快感が走り抜け、腰がびくんと浮いた。

「あぁあっ」

両脚がだらしなく開いてしまう。

「ここの快感も、もう覚えたね」

蜜でぬるつく指先で、小刻みに秘玉を揺さぶられる快感は、我慢できないくらい凄まじい。

「はぁ、あ、だめ、ぁあ、あ、んんぅ……」

甘い喘ぎ声を漏らし、腰が求めるようにくねってしまう。

「あ、あぁ、あ、も……だめ、あ、だめっ……」

この間されたときより、もっと早くに絶頂を極めてしまう。

痺れる愉悦に、びくびくと腰を震わせて果てた。

「――感じやすい可愛い身体だ」

アルヴィンは、熱をはらんだクラリスの身体を抱え直し、ほころんだ陰唇の中に中指をつぷりと押し入れてきた。

「んぅ？　あ、や、なに？」

まだぼんやりとしていたクラリスは、なにか硬い骨張ったものが下腹部の中心を穿っていく感覚に、びくんと肩をすくめる。

「狭いな――だがもう、充分すぎるほど濡れて熟れている」

アルヴィンは根元まで指を挿入すると、それをゆるゆると前後に動かした。

「つ――ぁ、あ、やめ……そんなところ……っ」

自分でも触れたことのない恥ずかしい部分を、容赦なく指で押し広げられ、クラリスは狼狽して身を捩って逃れようとした。

「大丈夫――二本、挿るかな」

アルヴィンは人差し指と中指を揃え、ぐちゅぐちゅと媚肉を撹拌した。

「あ、あぁ、指、だめ、そんなにしちゃ……あ、あぁっ」

狭い膣腔を繰り返し擦られると、息苦しいような総毛立つような愉悦が湧き上がり、恥ずかしい鼻声が漏れてしまう。

アルヴィンの指がもたらす快感が、どこまで深いのかと思うと、乱されて溺れてしまいそうで恐ろしくてならない。それでいて、心のどこかにもっと気持ちよくなりたい乱されたいという淫猥な欲望が膨れ上がってくるのを、止めることができない。

「ああ、きゅうっと締めてくる――君のここが、男を求めてるのがわかる」

アルヴィンがうなじを強く吸い上げた。彼の声が獰猛さを増し、熱く息が乱れているのを感じ、クラリスはぞくぞくするほどの甘い痺れが全身を駆け巡るのを感じた。

「つぅっ、あ、やぁ、そんなこと、ない……ああ、やめて、もう……っ」

いやいやと髪を振り乱して拒絶しようとするが、アルヴィンの指の動きに神経が集中してしまい、腰は誘うようにくねってしまう。

「欲しいのだろう？　君の身体が、私を求めているのがわかる」

アルヴィンは甘く耳殻を食み、濡れた舌で耳裏や耳孔をねっとりと舐め回した。

「や……だめ、耳……あ、やぁ、しないで…っ」

身震いが走り、もはやアルヴィンの声や息づかい、舌、指の動きに翻弄されるばかりだった。

いつの間にか、蜜壷に押込められた指が三本に増やされ、隘路をぐちゅぐちゅと抜き差しする。

「んんっぅ、あ、は、はぁ……あぁ」

指のもたらす圧迫感と快感に、腰ががくがくと揺れ、溢れた愛蜜がはしたなくシーツを濡らし、猥りがましい染みを広げていく。

「もう、充分だな」

アルヴィンが独り言のようにつぶやき、抵抗力を失ったクラリスの身体から腕を解く。

「……あ、あぁ、ぁ……」

クラリスはくたりとシーツに身を沈めた。

「可愛い私の天使——君を大人の女にしてあげよう」

アルヴィンがかすかな衣擦れの音をさせ、トラウザーズの前立てを緩めた。

「!?」

一瞬、男の膨れ上がった陰茎が目に飛び込んできた。

それは赤黒く逞しく反り返り、上品な美貌のアルヴィンからは想像もつかないほど禍々しいものに見えた。

「あ……」

声を失っていると、アルヴィンが腕立てのように両手をクラリスの顔の左右につき、のしかかってくる。

「——私が、怖いかい？」

欲望をはらんで野性的な表情になったアルヴィンが、じっと見下ろしてきた。

クラリスは、ごくりと生唾を呑み込む。そして小さく首を振り、消え入りそうな声で答えた。

「少し——でも、おじさまなら、いいの……」

それから覚悟を決めて、ぎゅっと目を閉じた。

「可愛いクラリス——」

アルヴィンは片手でクラリスの両脚を大きく開かせ、その間に自分の腰を押し入れてきた。

濡れそぼった秘裂に、熱く硬い肉塊が押しつけられる。

「今、君は私のものになる」

艶めいた声と共に、灼けたそれが淫唇をぐっと押し広げた。

「ひっ……？　おじ、さま……っ」

クラリスは本能的な恐怖で目を見開いた。

アルヴィンが欲望を滾らせた屹立を、ほころんだ蜜口に挿入しようとしている。

「きゃぁ、あ、ぁっ」

思わず身を起こそうとした刹那、アルヴィンが覆い被さって腰を深く沈めてきた。

「あ、あぁ、あぁぁ、あ」

硬く膨れ上がった剛直が、処女肉を押し広げるようにして押し入ってきた。

「や……あ、痛ぅ、あ、苦し……あぁっ」

狭隘な肉路が、太く逞しい雄茎でめりめりと押し広げられていく。

身体の内側から劫火で炙られるような熱さだ。

「狭い――だが少しの我慢だ。クラリス――」

アルヴィンが深い吐息と共につぶやき、さらにぐっと腰を突き入れてきた。

「ひ……あ、あ、ぁ」

生まれて初めて男を受け入れた衝撃に、クラリスは呼吸することすら忘れて、呆然とされるがままになった。

「いい子だ。全部挿った――」

アルヴィンの動きが止まる。

「……は、はぁ、は……」

硬く熱い男根が、自分の身体の奥でどくどくと脈打つのを感じ、クラリスは頭が真っ白になった。

（とうとう……私、おじさまと……おじさまと結ばれてしまった……）

破瓜の痛みと共に、処女を捧げた相手がアルヴィンであることに、胸がいっぱいで感動している自分がいた。

「これで君も大人のレディになった」

アルヴィンの声が心なしか震えているようだ。彼も自分と同じような気持ちなのだろうか、とクラリスは熱に浮かされたような頭の隅で思う。

しかし次の瞬間、根元まで深々と呑み込まれた肉棒が、雁首まで引き抜かれ、再びぐっと最奥まで突き入れられると、あまりの衝撃に気が遠くなる。

「ひぅぅ、あ、や、抜いて……こんな……」

眦から涙がぽろぽろこぼれた。

「もう止まらない――クラリス、君のすべてを奪う」

アルヴィンはクラリスのうなじや耳裏に唇を這わせ、片手を内側に潜り込ませて乳房をまさぐる。そうしながら、力強いリズムで腰を穿ち続ける。

「は、あ、あ、あぁ、あ」

男の激しい律動に、クラリスの身体全体ががくがくと大きく揺れた。

内壁が太棹に巻き込まれ引き摺り出される熱い感覚に、もはや苦痛なのかもわからない。

柔襞が擦り上げられるたびに、新たな蜜が溢れ出し、抽挿が滑らかになっていく。

次第に、妖しく深い快感が子宮の奥から湧き上がってくる気がした。

「ん、は、あぁ、はぁ、あぁ……ん」

艶かしい嬌声が、突き上げられるたびに口唇から漏れてしまう。

「可愛い声で鳴く——もっと感じさせてやろう」

アルヴィンが息を弾ませながら片手を足の付け根に潜り込ませ、紅く腫れた肉芽を指で揉み込んだ。

「きゃぅ、あ、だめ、そこ、弄っちゃ……あぁ、だめ、あ、動かないで……っ」

肉棒による重苦しい快感と、秘玉がもたらす鋭い愉悦の波状攻撃に、クラリスは我を失った。

「やぁ、おかしく……あぁ、やぁ、どうして……こんなの……」

先ほどまでの苦痛に流していた涙が、今は随喜のそれに代わっている。

「可愛いクラリス——」

強く抱きすくめられ、ぐちゅぬちゅと卑猥な水音が立つくらい激しく抜き差しされると、頭が焼き切れるかと思うほどの愉悦が全身を駆け巡った。

「あぁ、あぁん、あ、おじさま、あぁ……こんな……っ」

「君の中、私に絡みついて——素晴らしいよ」

アルヴィンの腰の動きが、次第に速くなる。

突き上げられるたびに、クラリスの意識はどこかに飛びそうになり、深く息を吐き出してはやり過ごそうとした。

破瓜の痛みを通り越し愉悦の深さに、悦びながらも深みにはまりそうな予感に怯えた。

（こんな淫らで気持ちよい行為を知ってしまったら……私、どうなってしまうの？）

耐え切れないほどの喜悦が込み上げ、もう思考がまとまらなかった。

「ああクラリス——私も限界だ。達くよ——」

アルヴィンは両手でクラリスの細腰を強く引きつけ、がつがつと叩きつけるように腰を打ちつけてきた。

「ひあ、あ、だめ、壊れ……っ、あぁ、あぁ、あ」

硬く膨れた亀頭がさらに奥を突き上げ、瞼（まぶた）の裏に快感の火花が何度も弾ける。

もはやクラリスはなす術もなく、愉悦の大波に呑み込まれたまま嬌声を上げ続けた。

「出すよ——私の天使、君の中にすべてを——」

うねる媚肉の奥底で、アルヴィンの肉胴がびくびくと激しく脈動した。

「あ、あぁ、あ、だめ、も……あぁ、だめ……っ」

これ以上はおかしくなってしまう、と感じた瞬間、大きく腰を打ちつけたアルヴィンが、どくどくと熱く滾った白濁（はくだく）を吐き出した。

「……は、はぁ、は……あ、ぁ……は」

男の動きが止まり、最奥で何度か剛直が大きく震える。

「――ふ」

アルヴィンが低く呻いて大きく息を吐き、ゆっくりとクラリスの上に折り重なった。

二人は同じように呼吸を乱したまま、シーツの上にぐったりと身を沈めた。まだびくつく粘膜同士は、ぴったりと密着したままだ。

「君は、私だけのものだ――」

初めての法悦に朦朧としたクラリスの耳元で、アルヴィンが熱くささやく。

「可愛い、愛しい私の小鳥、私の天使――」

「おじ……さま……」

アルヴィンの言葉に胸が震えた。

許されない行為をしてしまったという後悔はなかった。

初めてを捧げるのなら、アルヴィンしかいなかった。

これでよかったのだ。

クラリスは、快楽の余韻と痛みの名残の中で、ぼんやりとそう思った。

情熱的なアルヴィンに抱かれて処女を散らし、いつしか疲れ果てて眠ってしまったらしい。

「ん……」

薄目を開けると、天蓋幕を下ろした隙間から、わずかな灯りが漏れている。

夜明け前頃だろうか。

初めての激しい行為に、身体の節々が軋んでいる。

気怠い身体で寝返りを打つと、アルヴィンの腕を枕に彼に抱きかかえられるようにして眠っていたことに気がつく。

二人は全裸だった。

アルヴィンのすらりとした脚が、クラリスの脚を挟み込むようにしている。

そして彼は、澄んだ目でこちらをじっと見つめていた。

「あ――」

いつから自分のことを見ていたのか。

アルヴィンが目覚めているとは思わなかったので、クラリスは気恥ずかしさに顔を伏せた。

「気分はどうだ?」

少し掠れた声が色っぽい。

「だ……大丈夫、です」

アルヴィンかもう片方の手を伸ばし、クラリスの顎を持ち上げ視線を合わせた。

「私はこうなったことを、後悔していない」

真摯な眼差しに、クラリスは胸がきゅんとなる。

彼がいっときの気の迷いで抱いたのではないということが、しみじみ嬉しい。

「私も——初めてがおじさまでよかった……」

「——クラリス」

アルヴィンが甘く名前を呼び、腰を引きつけて額や頬に口づけをしてくる。まるで恋人にするように愛おしげに、優しく。やがて彼の唇が、しっとりとクラリスの口唇を覆ってくる。

(ああ……おじさま、好き)

クラリスはうっとりと目を閉じて口づけを受ける。

撫でるように唇を擦っていたアルヴィンが、そっと舌を割り込ませてくる。

「ふ……ん……」

滑らかな舌の淫らな動きに、身体中が甘く蕩けてしまう。次第に口づけは濃厚になり、舌を搦めとられ痛いほど吸い上げられると、心地好さに頭が真っ白になる。

アルヴィンの片手が、そっと胸元をまさぐってくる。

昨夜、さんざん弄られ舐られてまだひりついている乳首は敏感で、あっという間にいやらしく凝ってしまう。その尖った乳嘴を、アルヴィンの指が摘んだり指の腹で擦ったりすると、じんと下腹部の奥が淫らに疼いてしまう。

「は……ぁ、あ、おじさま、だめ……」

顔をわずかに背け、息を乱して懇願する。

アルヴィンは濡れた目で見返してくる。

「だめとは――私を欲しいという意味か？」

クラリスは羞恥に真っ赤になった。

「や……っ、そんなこと……」

アルヴィンがクラリスの手を取って、そっと自分の股間に導いた。

「――っ」

クラリスがびくんと手を震わせた。彼のそこは熱く硬く滾っていた。

昨日はアルヴィンを受け入れることだけで精一杯だったので気がつかなかったが、彼の欲望はクラリスの小さな手に余るほど太く巨大だった。

こんな禍々しいものが、自分の中に受け入れられたなどとは信じ難いくらいだ。

アルヴィンは自分もクラリスの手を押さえたまま、低くささやく。

「ほら、私も君が欲しくてたまらない」

その艶っぽい声に、ぞくぞく背中が震えた。

おずおずと彼の肉胴を撫でると、そこがぶるっと別の生き物のように震える。

「っ――クラリス、そんなふうにされると――」

アルヴィンが熱いため息をつき、クラリスに覆い被さってきた。

「あ……」

彼の引きしまった筋肉の感触に、愛おしさが膨れ上がる。自分の両脚に彼の脚が挟み込まれ、大きく開いた。

「ああっ」

男を知ったばかりの無防備にほころんだ淫唇に、膨れた亀頭が押しつけられ、一気に貫いてきた。

「全部挿ってしまったよ——」

アルヴィンが耳元でささやき、ゆるゆると腰を動かした。

「あ、あぁ、あ……」

まだ灼けついて疼く膣壁を擦り上げられると、じわりと快感が迫り上った。

「おじさま……あ、はぁ、は……ぁ」

気持ちが昂り、両腕をアルヴィンの首に回してしっかりと抱きしめた。

「奥が締まる——可愛いクラリス、感じてくれているんだね」

アルヴィンの抽挿が次第に速さを増す。

「んん、あ、は、あぁ、ああ……」

奥を力強く穿たれるたび、脳芯に直に愉悦が響き、恥ずかしい喘ぎ声を止められない。

「可愛い天使、もっときつく私にしがみついて——脚を背中に絡めてごらん」

クラリスの細腰をぐっと引き寄せ、アルヴィンが乱れた息の中で言う。

「んぁ、あ、こ、こう……？」

言われたまま両脚をアルヴィンのしなやかな背中に絡ませると、さらに密着度が深まり、二人は同じリズムで揺れながら快感を共有する。

「はぁ、あ、おじさま、あ、深い……あぁ、はぁっ」

どうしようもない愉悦に乱され、クラリスは全身に力を込めてアルヴィンにしがみついた。

「いい――クラリス、君の中、たまらなく、いい」

アルヴィンがせつなく呻き、半開きで甘く喘ぐクラリスの唇を奪ってくる。

「んんぅ、んんっ、ん、ふぅう……っ」

声を吸い込まれて息が詰まり、逃げ場を失った快感の熱量が全身を淫らに犯していく。

アルヴィンはきつく舌を絡ませたまま、がくがくとクラリスを揺さぶった。

「あ、ふぁ、あ、くぅ……んんんぅ」

突き上げる圧迫感と深い喜悦に、すべてがアルヴィン一色に染まっていくようだ。

少しずつ、自分の腰が相手の律動に合わせて蠢いてしまうのがわかる。

より気持ちよく、より快感を求めて――。

アルヴィンを求める本能に任せ、クラリスは全身を波打たせ、共に絶頂へ駆け上っていく。

「ん、んん、は、はぁあっ」

きゅうきゅうと媚壁が収縮して男の膨れ上がった肉幹を締め上げてしまう。脈動する屹立の感触に、下肢が蕩けそうに甘く痺れる。充血した花芯(かしん)を太い肉茎が擦り上げるたび、頭の中が愉悦で真っ白になった。

「……はぁ、や、おじさま……私、もう……なんだか、もう……っ」

息が止まりそうな切迫感に、クラリスは唇を引き離し仰け反(のぞ)って喘いだ。

「私も——一緒に達こう、クラリス」

アルヴィンは最速で腰を突き上げ、すぐにぶるりと全身を震わせた。

「あ、あぁ、あ、あ、ぁ」

どくどくと子宮口に熱い飛沫(ひまつ)が吐き出される。

クラリスは総身を戦慄(わなな)かせ、ほぼ同時にエクスタシーを極めた。

ぐんと爪先まで力が入り、媚肉が強く収斂した。

「はぁ、は、はぁ……あ」

次の瞬間、全身がぐったりと弛緩し、一気に汗が噴き出す。

二人は折り重なって、快感の余韻に身を任せる。

「……クラリス」

アルヴィンが掠れた声でささやき、この上なく優しく唇を覆ってくる。

その啄むような口づけや、抱きしめている逞しい腕の感触に、泣きたいほど幸せを感じてしまう。

(好きよ、おじさま……これでいいの、いいんだわ)

衝動に任せて身体を繋げてしまい、処女を散らしてしまったその日から、二人の寝室の時間は、さらに淫らで甘美なものに変わってしまった。

「私の育てた大事な可愛い君——その透明な潤んだ瞳に見つめられると、私はなんでもしてあげたい、なんでも与えてやりたい。気がくるうくらいの悦びも、教えてあげたい」

アルヴィンは優しくかつ情熱的に、クラリスを抱いた。

身体の隅々まで愛おしまれ、クラリスの初心(うぶ)な肉体はみるみる開花していったのだ——。

第四章　満開に開く花

二人が結ばれて半月後のことだ。

その日、昼食に帰宅したアルヴィンが、書斎にクラリスを呼んだ。

「ご用ですか？　おじさま」

ドアをノックして入っていくと、書き物机に向かって書類にサインをしていたアルヴィンが顔を上げた。

「ああ、お入り」

彼は手にしていた銀の万年筆を置くと、クラリスに手招きした。

「ここにお座り」

彼が自分の膝の上を指し示したので、クラリスは頬を染めた。

「いやだ。子どもじゃあないんですから」

「いいから、おいで」

仕方なく近づいて、恐る恐る彼の膝の上に腰を軽く落とした。

「いい子だ――子どもの頃は、君に大事なことを言うときには、いつもこの膝に乗せて話をしたものだ」

背後からぎゅっと抱きしめられ、全身が甘く震えて胸が妖しくざわめいてしまう。

「あの頃の、ちょこんと膝に座っていた少女が、こんなに魅力的な女性に育つとは――」

耳の後ろにアルヴィンの吐息まじりの声がかかり、擽ったさと淫らな刺激に肩をすくませる。

「あ……あの、お話って……」

「ああそうだった」

アルヴィンは書き物机の横の小卓の上に置いてあった、油紙に包まれた大きめの包みを手に取った。

「君のために、特注で作らせたんだ。見てごらん」

「なにかしら」

包みを解くと、中から黒レースに縁取られ漆黒に染めたシルク地のコルセットが現れた。

今まで白色のコルセットしか身につけたことのなかったクラリスには、ひどく妖艶で大人びたものに見えた。

「素敵なコルセットだわ」

つぶやきながらまじまじと見ると、普通のコルセットと少し形状が違うように思えた。

「でも、変わったデザインなのね」

「特注と言ったろう？　着けてあげるから、ドレスの上衣と今身につけているコルセットを脱ぎなさい」

「え？　ここで？」

アルヴィンの意図がわからず、クラリスは恥ずかしさで顔を赤らめた。

「言う通りにしなさい」

彼に穏やかだが有無をいわさぬ口調で言われ、クラリスは背中を向けて、おずおずとドレスを脱いだ。前ボタンのコルセットも外し、上半身裸になってしまい、両手で胸元を覆った。

「よろしい、両手を下ろして、そのままで」

アルヴィンが背後から近寄り、開いたコルセットをクラリスの上半身に回し、背中で紐を締め上げた。

昨今は、着脱の容易な前ボタンで留めるコルセットが主流で、背中で締め上げる形は廃れつつある。というのも、後ろで紐を締める形だと、使用人に手伝ってもらわないと自分では着脱が難しく、不便この上ないからだ。

アルヴィンにきゅっときつく締め上げられ、クラリスは一瞬息が止まりそうになったが、次の瞬間、はめられたコルセットの変わった形状の意味がやっとわかり、顔から火が出そうになった。

「おじさま、これ――」

コルセットは胸部を覆うはずの部分が丸く刳れ、乳房が剝き出しになっていたのだ。

「これでいい」

アルヴィンは満足げにつぶやき、クラリスの肩を摑んでくるりと自分のほうを向かせた。

漆黒のコルセットがウエストを折れそうなほど細く締め上げ、たわわに揺れる真っ白な乳房と妖しい対照をなしている。

クラリスはあまりに猥りがましい姿に、くらくら目眩がしそうだった。

アルヴィンはコルセットを着けたクラリスの姿をまじまじと見てから、両手で素早くスカートを外し、ペチコートとドロワーズを引き下ろしてしまった。

「きゃあっ、おじさま、なにを……っ？」

秘部が露になり、思わずしゃがみ込もうとしたクラリスの腕を摑んで、アルヴィンが引き起こす。

「しいっ——じっとして」

クラリスは羞恥に震えながら、その場に棒立ちになった。

身につけているものは、乳房を剝き出しにしたコルセットとハイヒールのみ。

「思った通りだ——裸よりも、ずっと淫らでしかも、清らかだ。クラリス、君はどうしてこんなにも無垢で、それでいて蠱惑的なんだろう」

アルヴィンは陶酔した表情で、クラリスを舐め回すように凝視する。

「このコルセットは、ひとりでは脱げまい。同じものを幾つも作らせたから、これからは、毎朝私が君にコルセットを着けてあげよう。ひとりではけっして脱いではいけないよ」

「で、でも――」

小声で反論しようとすると、アルヴィンがクラリスの心の内を見透かしたように素早く言い募った。

「縛めを解くのも、私だ。風呂は、その後に私と一緒に入ろう。わかったかい？　この禁断のコルセットを身につけている限り、君は私のことを意識せずにはいられない。それが、君を他の男から守ることになる。私が側にいないときでも、君は私の存在を感じるんだ」

「おじさま……」

身も心もアルヴィンに拘束されたようで、それが異様な興奮と緊張感を生んでいた。

「よく似合うよ。ふしだらな天使だ」

アルヴィンがつぶやいて、片手を股間に伸ばし、つつーっと剝き出しの秘裂をなぞった。

「ん……っ」

そのかすかな接触に、下肢がぶるっと震える。

「貞淑なのに、猥りがましい――君はほんとうに天使なのか？」

アルヴィンは感に堪えないといった声を出し、クラリスの前に跪いた。

彼の甘く密やかな息が秘裂にふわりとかかり、ぞくりと背中が戦慄いた。

自分が今、どんなに卑猥な格好をアルヴィンに晒しているのかと思うと、身体中の血が煮え立つように熱くなる。

「誰にも暴くことのできない、私だけの大事な秘密の扉――」

アルヴィンの繊細な指先がつつーっと花弁をなぞる。

「あっ……」

悩ましい疼きに、思わず腰が跳ねた。

「おや、なんだかぬるぬるしているね。この淫らなコルセットをつけられただけで、興奮してしまったのかな?」

「ち、違……」

耳朶まで真っ赤に染めて首を振るが、背徳的な格好をさせられていると思うだけで下腹部の奥が妖しくざわめいてしまう。

「嘘つきだね」

アルヴィンが低く笑い、クラリスの太腿に唇を押しつけ、足の付け根に向かって這い上がってくる。

「や、だめっ……」

秘部を舐められる予感に、クラリスは戦慄して全身を強ばらせる。

だが、アルヴィンは秘裂の周囲をぐるりと舐め回すと、そのままゆっくりふくらはぎのほうへ頭を下ろしていく。

「あ……ぁ」

アルヴィンがクラリスの小さな足の甲を持ち上げ、靴を脱がせると、素足にちゅっと口づけした。

「や……なにを……？」

片脚で身体を支えるはめになり、クラリスはよろめいて書き物机に身をもたせかけた。

アルヴィンはそのまま、クラリスの足の指を口腔に含んだ。

「きゃぁあっ」

そんなところまで舐められるとは思ってもみなかったクラリスは、悲鳴を上げた。

「やめて……そんなところ、汚い……です」

クラリスの懇願を無視し、アルヴィンは足指の一本一本を丁寧に口の中で転がし、指の間までねっとりと舐め上げた。擽ったいような神経が震えるような感覚に、クラリスは身震いした。

「ひ……ぁ、あ……」

乳房や秘所への愛撫と違い、穏やかに密やかな快感が滲んでくる。それがじわじわと全身に広がっていく面映ゆい感覚がたまらない。

「だめ、お願い……おじさま……」

「君の身体の隅々まで、可愛がってあげたい」

指先が彼の口腔の中に含まれ、ちろちろと舌先が指の間を擽ると、信じられないくらい甘く感じてしまい、書き物机で身体を支えて必死で耐えた。

足の指すら、恋するアルヴィンに触れられると官能の器官に成り変わってしまう。

片方の足を舐め終えると、アルヴィンはもう片方も素足にし、丁寧に舐め回した。

「あ、あぁぁ、だめ、あぁ……っ」

微量に溜まっていく愉悦が、とうとう全身を犯し、クラリスは足の指の口唇愛撫だけで短く鋭く達してしまった。

書き物机の上に仰向けになりそうなほど反り返り、びくびくと身体を震わせていると、

「これだけで達ってしまったのか？　しょうもない子だね」

アルヴィンが薄く笑い、今度は足の指から踵、ふくらはぎ太腿と、逆に舐め上ってきた。

「膝まで蜜が垂れている。こんなに感じやすくては、ほんとうに心配だ」

アルヴィンがくぐもった声を出し、太腿の狭間をはしたなく濡らしている蜜をゆっくり舐め取った。

「……ぁ、だめ……」

淫らな予感に戦慄いたクラリスは、必死で両脚を閉じ合わせようとしたが、身体に力が入らない。

そのまま、ほころんだ裂け目からはみ出した媚肉の狭間に、ちゅっと口づけされてしまう。

「はぁっ、あああぁあっ」

膨れた陰核を強く吸い上げられた瞬間、クラリスは目も眩むような快感に鋭く達してしまった。

どうっと熱い淫蜜が溢れ、アルヴィンの顔を濡らすのがわかる。彼はそれにかまうことなく、さらに舌を激しく蠢かせ、花芽を転がしては強く吸う。

激流のごとく激しい愉悦の波状攻撃に、クラリスはなす術も無く翻弄された。

「あ、ぁあ、いやぁ、あぁ、だめ、いやぁあぁ」

クラリスは髪を振り乱して、甲高い嬌声を上げ続けた。

感度の塊の陰核を執拗に責められ、やがて声をも嗄れ果て息も絶え絶えになる。

「……も、許して……あぁ、ゆるしてぇ……」

甘く啜り泣きながら、最後の力を振り絞り身体を捩り、ぐったりと書き物机の上に突っ伏した。

「これでわかったろう？」

アルヴィンが口元を拭いながら立ち上がった。

「こんな感じやすい淫らな君を、ひとりで外出させるなど、狼の群れに子羊を放り込むようなものだ。私の心配もわかるだろう？」

　彼は小刻みに肩を震わせているクラリスを抱き起こすと、優しくドレスを着せかけてくれた。

　剥き出しの乳首に直接服地が触れると、そのざらりとした感触に背中が総毛立った。

「あ……」

　コルセットに覆われていない乳房が、深い襟ぐりからこぼれ落ちそうで、気が気ではない。緊張感に、乳嘴がきゅんと硬く締まるのを感じる。

「これからは外出するときにも、必ずこのコルセットを身につけることだ。わかったね？」

「はい……」

　クラリスは弱々しくうなずいた。

「でも――」

「ん？」

　クラリスはまだ朦朧とした顔を振り向ける。

「私……誰にも……こんなこと……おじさま以外に、誰にもけっして……」

（あなたが好きだから、こんなにも身体が感じてしまうの――おじさま）

　言葉にならない想いの丈を込めて見つめると、アルヴィンがせつなげに目を細め、ついっと視線を外した。

「わかっている――君を信じている。でも、私の言うことをわずかの間でも忘れて欲しくない一心なんだ。そうだ、ちょうど週末、新しく完成した王立劇場のこけら落としの歌劇に招待されているんだ。一緒に出かけようか——このコルセットを身につけたままね」

「——はい」

官能を極め、心のたがが外れてしまうと、胸に秘めた本心を叫んでしまいそうになる。

(おじさま、好き——おじさまのためなら、どんな恥ずかしいことでも耐えられる……)

クラリスは自分の本心を押し殺すのに精一杯だった。

毎朝、起き抜けにアルヴィンの前で全裸になり、淫らなコルセットを装着してもらうのが、クラリスの習慣になった。

彼に背中を向け、複雑に組んだ紐を締め上げてもらっていると、自分の心までがきつくアルヴィンに結びつけられるような不思議な安心感があった。その一方で、ひどく禁断な行為をしているようで、心臓がどきどきした。

「さあ、できた」

アルヴィンはコルセットをつけ終わると、最後の仕上げのようにクラリスのうなじに口づけする。

その悩ましい感触に、クラリスはぎゅっと目を閉じて耐えた。

特殊なコルセットを身につけて、平常通り生活することはなかなかにスリリングだった。

動き回ると剝き出しの乳首が服地に擦れ、ことあるごとに淫らな感覚が湧き上がり、クラリスは使用人たちに不審に思われないかとひやひやした。

以前にもまして、アルヴィンの存在を強く意識してしまう。

このコルセットを装着するようになってからは、アルヴィンはメイド連れなら昼間の外出を許してくれた。

しかし、妖しい下着を身につけていることを、他人に気取られないように振る舞うことで、クラリスは常に緊張感を強いられることになった。

その緊張感が、彼女に近寄り難いオーラを与えていることは、当人には知る由もないことだった。

——週末。

下ろしたての夜会服に身を包んだクラリスとアルヴィンが、王立劇場の休憩ロビーに現れると、その場にいた者全員が息を呑んだ。

濃い紫色の袖なしの大人っぽい夜会服を、クラリスはさらりと着こなしていた。

透き通るような白い肌に、張りがありかつ柔らかそうな乳房。きゅっと締まったウエスト。身体つきがすっかり女性らしくなり、憂いを含んだ目元が、もともとの美貌に複雑な陰影を付け、ぞくりとするほど色っぽい。

社交界デビューしたての頃の、初々しいまだ少女の面影を残していた彼女を知る者たちは、わずかな期間での彼女の成熟ぶりに目を瞠った。

「あれが、ついこの間までおどおどと壁の花に徹していた少女だろうか」

「アッカーソン侯爵と並ぶと、いかにも小娘のようだったのに——どうだい、今や堂々たる貴婦人ぶりだ」

衆目を集めながら、二人はゆっくりとロビーを歩いていく。

「見てごらん——君はよりいっそう美しく、匂うような貴婦人に変貌したものだから、男は誰も彼も君に釘づけた。私が心配する意味もわかるだろう？」

アルヴィンが少し誇らしげに言う。

「そんな——」

クラリスは自分では、外見がなにがどう変わったとは思えない。

変わったとしたら、心持ちだろう。

幼い頃には薄ぼんやりとしていた淡い恋心が、くっきりとした強い愛に変わっていった。

それを自覚したときから、無垢で素直なだけだったクラリスの心が、複雑な濃淡に彩られるようになったのだ。

それとも、純潔を捧げ官能の悦びを拓かれたせいで雰囲気が変化したのだろうか。

（おじさまが、全部教えてくれた——悦びだけでなく、せつなさも苦しさも……）

腕を預けて身を寄せていると、彼の引きしまった筋肉の感触が伝わってきて、それだけで胸がざわつく。

「これは、アッカーソン侯爵と御令嬢。ご挨拶させてください」

ふいにひとりの立派な口髭の紳士が声をかけてきた。

「おお、これはリットマン侯爵」

アルヴィンは立ち止まり、恭しく一礼した。

「クラリス、侯爵さまは貴族院の議長の席に長年おつきになられている、ご立派なお方だよ」

貴族院はアルヴィンも議員を務めている。それは、選ばれた貴族階級しか議員になれないエリート集団だ。

アルヴィンにそう紹介され、クラリスは優雅にスカートの裾を摘んで挨拶した。

「クラリスと申します。おじさまがいつもお世話になっております」

リットマン侯爵はクラリスの姿に目を細めた。

「これは——今が盛りと花開く大輪の薔薇のようにお美しい。評判以上の素晴らしいレディだ」

彼は表情を改め、アルヴィンに向かって言う。

「実は、あちこちの夜会で御令嬢をお見かけして、ずっとあなたにお声をかけたかった。私には、年頃になる息子がひとりおります。去年王立大学校を卒業し、今は私の会社で経営の勉強をしているところです。上背もあるし、親の私が言うのもなんですが、なかなかの好青年です。どうでしょう？　一度、御令嬢を息子に紹介させていただけませんか？　その、ぜひお見合いをさせていただけないかと」

「それは――」

アルヴィンが一瞬口を噤んだ。

貴族院の議長の息子で、名門の王立大学を卒業しているといえば、エリート中のエリートだ。未婚の淑女なら、結婚相手としては飛びつきたいほどの好条件だ。それが、相手のほうからぜひにと申し出ているのだ。

「いかがですか？　よろしければ、来週末にでも御令嬢を我が屋敷のアフタヌーンティーにお誘いしたいのですが」

「そうですな――」

いつになくアルヴィンの歯切れが悪い。リットマン侯爵が位の高い男性であるため、さすがの彼も無下には断りにくいのだろう。

「――過分なお申し出ですが、侯爵様。私はまだまだ貴婦人としては未熟者です。女王陛下のお目通りもいただいておりません。どうかこのお話は、もう少し待っていただけませんか？」

クラリスは澄んだ落ち着いた声で言った。

アルヴィンが、はっとしたように顔を振り向けた。

クラリスは最高に無垢な表情を浮かべ、リットマン侯爵に微笑んだ。

「まだ私には、学ぶべきことがたくさん残っていると思います。侯爵さまのご子息にふさわしい貴婦人になるよう、いっそう努力したいと思います」

リットマン侯爵は魅入(みい)られたようにクラリスを見つめた。

それから顔をほころばせ、クラリスの片手に恭しく口づけした。

「私は少し先走りましたな。そうでした、まだ『王宮での初拝謁(プレゼンテーション・アット・コート)』がありましたな。そのことで、あなたは頭がいっぱいでしょうな。これは大変失礼なことを申し上げました、御令嬢。では、いずれまた日を改めまして、お話しすることにいたしましょう」

リットマン侯爵はアルヴィンにも一礼し、その場を去っていった。

自分にしては思い切ったことをしたものだ。アルヴィンの窮地(きゅうち)を救いたい一心で、気がつくと言葉を発していた。

緊張を解いて、クラリスはそっと息を吐いた。

「クラリス――」

アルヴィンは感に堪(た)えないという表情になる。

「君はほんとうに成長したね。いつも私の陰に隠れて、内気に目を伏せていた小さいクラリスでは、もうないのだね」

クラリスは彼の声にやるせない響きがあるのを感じ、自分でも感傷的になった。

彼女は恥ずかしげに頬を染めた。

「そんなことないわ――おじさまがお側にいるから、勇気を出して言えたのよ」

アルヴィンが嬉しそうに微笑んだので、クラリスも胸が弾んだ。

「それでは行こうか」

「はい」

二人は颯爽と胸を張ってロビーを横切り、中央階段を上って個室のボックス席に入った。

舞台袖に一番近い特等席だった。

「今日の演目は『椿姫』という悲恋ものなのだが、君にはハッピーエンドのほうがよかったかな」

並んで席に着き、劇場案内人が渡してくれたプログラムを開きながら、アルヴィンが気遣わしげに言う。

「ハッピーエンドは大好きよ――でも、このお話は立場も身分も違う二人が、命を賭けて愛し合うお話と聞いているわ。すごく惹かれるわ」

クラリスは階下の満場の観客席を見回しながらつぶやく。

アルヴィンが、ちらりとこちらの横顔を窺う気配がした。

「君は少し変わったね」

「え？」

クラリスがきょとんとして振り向くと、アルヴィンがそっと顔を寄せてきた。

「あ――」

素早く掠(かす)めるような口づけをされる。

アルヴィンが熱っぽくささやいた。

「あどけなく無垢な美しさの中に、はっとするほど大人びた表情をするようになった」

顔を寄せたまま、アルヴィンの手がドレスの上から胸の膨らみをまさぐる。

「このせいかな？」

「っ――」

特注のコルセットのことを言っているのだ。

彼の手が、服地越しに乳首の周囲をいやらしく撫で回した。

身体中の血がかあっと沸き立つような気がした。

「だめ……もう開演の時間です」

そうつぶやいたとたん、開演を知らせるベルの音が劇場に響き渡り、ざわついていた観客席が静まり返った。

アルヴィンの手がすっと引かれ、クラリスは胸を撫で下ろした。

舞台を覆っていた深紅の緞帳(どんちょう)がするすると上がり、オーケストラの演奏が始まる。

華やかなパリを舞台に、高級娼婦ヴィオレッタと純真な青年貴族アルフレードの恋愛歌劇が繰り広げられる。

享楽態な生活を送っていたヴィオレッタが、アルフレードと出会い、初めて純粋な愛に目覚める。愛し合う恋人同士。せつなくも情熱的な恋。

だが、身分の違いから二人の恋は、アルフレードの父親の猛反対に合う。

アルフレードの父親は、手管に長けた高級娼婦が息子をたぶらかしているとヴィオレッタを責め、ヴィオレッタのことがアルフレードの妹の縁談に差し障るので、別れてくれと申し出るのだ。

心からアルフレードを愛しているヴィオレッタは、彼の幸せのために身を引くことを考える。やがてヴィオレッタは、アルフレードに黙ってパトロンのもとに戻ると言って姿を消す。彼女の本心を知らないアルフレードは、裏切られたとヴィオレッタを恨むのだ。やがて、病魔に冒されたヴィオレッタの枕元に、真実を知ったアルフレードがやってくる。ヴィオレッタは、彼に永遠の愛を告げ、彼の腕の中で息絶えるのだ。

いつしかクラリスは舞台の世界に引き込まれていた。

許されない恋に落ちる主人公たちに、クラリスは自分を重ね合わせていた。

ヴィオレッタがアルフレードに出会い、

「これが本当の恋なの？　愛は世界の鼓動、神秘的で気高く、私の心に歓喜と苦痛を与えるわ」

と、切々と歌うシーンには思わず涙がこぼれた。

嗚咽を噛み殺していると、ふいに耳元で低い声でささやかれる。

「――君の涙を流す姿は椿姫より、美しいな」

どきんとして振り向くと、間近にあるアルヴィンの青い双眸が、妖しく潤んでいる。

彼もヴィオレッタの歌になにか感じ入るところがあったのだろうか。

「君も恋したら、あんなふうに一途になるのだろうか？」

アルヴィンがそっと肩を抱きしめてくる。

「あ――」

胸が熱く震え、それが全身に広がっていくようだ。

場面は主人公たちの愛の歌の二重奏となり、朗々と続く。

アルヴィンが耳孔に熱い息を吹き込み、軽く耳朶を噛んできた。

「っ――」

心臓が早鐘を打ち、息が乱れた。

「だ……め」

消え入りそうな声で言うと、アルヴィンはさらにクラリスのドレスの胸元に手を差し入れてくる。

「ひ……」

ひんやりした手の感触が素肌を這い回り、ぞくりとするほどの戦慄を覚える。指先が乳首に触れると、びくんと腰が浮きそうになる。

「んっ……っ、だめ、人が……」

声を押し殺し、身を捩ったが、狭いボックス席で強く抱きすくめられて逃げることもできない。

「皆、舞台に夢中だ」

アルヴィンは艶めいた声でささやき、そのままぐいっと襟ぐりの深いドレスの胸元を引き下ろしてしまう。

「や……っ」

たわわな乳房がぷるんと弾みながらまろび出て、クラリスは悲鳴を上げそうになり、慌てて口元を押さえた。

折しも舞台は、愛し合う恋人同士のせつない二重奏がクライマックスに近づいている。

「禁断の愛の二重奏だ——歌声に酔ってしまうな」

アルヴィンはクラリスの両腕をまとめて摑むと背中へ回し、自分のクラヴァットを外してきりりと縛り上げてしまう。

「つ、やめ……て」

抵抗を奪われ、クラリスは必死で身を捩ったが縛めは解けず、剝き出しにされた乳房がぷるぶると誘うように揺れてしまい、焦躁と羞恥で身体中が熱くなった。

「禁断の行為の味を教えてあげよう」

アルヴィンは背後から覆い被さるようにして、両手でクラリスの乳房を掬い上げるように摑んだ。

「あ……ぁ」

やわやわと膨らみを揉みしだかれると、恥ずかしいのに淫らな気持ちが湧き上がり、悩ましい鼻声が漏れてしまう。

「だ……め、いや……ぁ」

必死で唇を噛みしめ、喘ぎ声を嚙み殺す。

「そう言いながら、もうここがこんなに尖っている」

アルヴィンの指が、両方の乳嘴をきゅうっと摘み上げた。

「はっ……っ」

じりっと鋭い疼きが先端から下肢へ走り、クラリスは背を仰け反らせて息を吞む。こりこりと指で擦られると、脳芯まで甘い愉悦が駆け抜けいたたまれない。

「ん、んんっ……やめ……て」

「しいっ――隣のボックス席にも観客がいるよ」

「く……」

クラリスは必死で唇を噛みしめる。

「そうだ――いい子だ」

アルヴィンはたわわな胸を絞り出すように摑み、凝った乳首を指で捏ね回した。

「ふ……うぅ……はぁ、は……」

巧みな指が、クラリスの官能を引き出していく。

しなやかな指先が、尖った乳首を摘んだり擦ったりするたびに、面映ゆい疼きが隘路の奥を淫らに蠢かせ、恥ずかしい蜜を漏らしてしまう。

「や……ぁ、あ、だめ……ぁ……」

声を出すまいと耐えると、よけいに身の内に淫靡な欲望が膨れ上がり、腰が求めるようにうねってしまうのが止められない。

「いい反応だ――いつもより濡れるのが早いだろう？」

アルヴィンはクラリスの耳殻に舌を這わせながら、片手を下ろしてスカートを捲り上げた。

「んっ」

男の長い指が、ドロワーズの裂け目から潜り込み、和毛をそろりとなぞった。ほころんだ花弁から、恥ずかしいほど大量の愛蜜が溢れた。

「思った通りだ――いやらしいね」

潤んだ粘膜をねっとりとなぞられ、クラリスは妖しい感触にびくびくと腰を震わせる。

「くぅ、あ、ふ……ぅっ」

ひりつく部分を、触れるか触れないかの微妙な感触で撫でられると、焦れた欲望で下腹部が灼けつくように燃え上がる。

「やめて……やめ……」

クラリスは息も絶え絶えになって身悶えた。

オーケストラの演奏が次第に高まり、恥ずかしい声が紛れてしまうことが唯一の救いだ。

「また溢れてきた――人前でこんなに感じるなんて、ほんとうにいけない子だ」

アルヴィンの長い指先が、ぬるりと膨れ上がった秘玉を撫でた。

「んんんっ、んぅうっ」

びりっと雷のような快感が背中から脳芯を貫き、クラリスは軽く達してしまう。

「これだけで達ってしまったのかい？　いやらしい子だね。お仕置きが必要だ」

アルヴィンが意地悪い声を出し、びくつく陰核をつんつんと突つく。

「あ、ぁ、あ、あ」

軽い衝撃を受けるたび、クラリスは背筋を弓なりに反らして戦慄いた。そのたびに、淫らな蜜が噴き出し、狭いボックス席に甘酸っぱい淫靡な香りが満ちるのも、また羞恥に拍車をかける。

アルヴィンは背後からぎゅっとクラリスを抱きしめ、脈打つ陰核をぬるぬると撫で回しながら、耳元で繰り返す。

「お仕置きが、欲しいかい？」

剝き出しになった尻に男の股間がぴったり押し当てられ、トラウザーズ越しにもそこが熱く硬く漲っているのが感じられ、腰がびくんと跳ねた。

子宮がずきずき疼き、思考が滞っていく。

「あ、あぁ……お仕置き、してください……」

クラリスは官能の欲望に突き動かされ、思わず口にしていた。

「お願い……おじさま……もっと、奥に……あぁ、欲しい……」

肩越しに潤んだ瞳でアルヴィンを見上げると、彼は青い双眸を欲望で光らせながらも、余裕のある口調で言う。

「なにが欲しい？　可愛い天使」

男の悪戯な指は、休むことなく花芽を突つく。その刺激に、思わずひいっと鋭く息を吞んでしまう。

「や……そんな……こと……言えない」

あまりの恥ずかしさに、頰を真っ赤に染めていやいやと首を振る。

「ちゃんと言わないと、ずっとこのままだよ」

「いやぁ……」

もはやこの焦らし自体が、お仕置きされているようなものだ。

秘玉の鋭い愉悦の繰り返しは、満たされない隘路の疼きを増幅させるばかりだ。蠢く膣襞(ちつひだ)をめいっぱい満たし、二人で高みに昇るあの恍惚(こうこつ)とした瞬間が欲しくてたまらない。

クラリスは顔を伏せ、切羽詰まった声を振り絞る。

「お願い……おじさまを……おじさま自身が、欲しい……」

そこまで言うのが精一杯だった。

「よろしい――」

アルヴィンはクラリスを引き立たせ、ボックス席の手すりに上半身をうつ伏せにさせ、腰を後ろに突き出す格好にさせた。

「あ……」

恥ずかしい姿勢に頭がくらくらした。

だが、スカートとペチコートを大きく捲り上げられドロワーズを膝まで引き下ろされると、期待と興奮に下腹部がかあっと火照(ほて)った。解放された陰唇(いんしん)がひくつき、とろりと蜜を溢れさせる。

背後でアルヴィンがトラウザーズを緩める衣擦れの音に、はしたない期待感が高まって心臓がどくどく脈打つ。

ぬるっと熱い塊が秘裂に押し辺り、息を呑んだ瞬間、硬い屹立(きつりつ)が最奥(さいおう)まで貫いてきた。

「ひあ、はぁあっ」

灼けつく衝撃に、クラリスは背中を波打たせて喘いだ。

焦らされ切った膣襞は、きゅうっと男の肉胴を締めつけてしまう。

アルヴィンはクラリスの丸い尻肉を両手で押し広げるように掴むと、ぐいぐいと腰を穿(うが)ってきた。

「く、はぁ、あ、深……い……っ」

思わず甲高い嬌声を上げてしまい、ぎくりと身を強ばらせる。幸い、舞台はクライマックスに差しかかっており、切々と歌い上げる恋人同士の二重奏に、満場の観客の視線はそちらに釘付けになっている。

それを知ってか、アルヴィンは遠慮なく律動を開始した。

亀頭の括(くび)れまで男根を引き抜き、一気に叩きつけるように根元まで押し込む。

「んあぁ、あ、あ、奥……当たる……当たるのぉ……」

「なんという締めつけだ——誰も、君がこんなにいやらしく、男を惑(まど)わす妖女だとは思いもしないだろうな。男たちを魅了する椿姫そのものだ」

アルヴィンがわずかに息を乱しながら、激しく腰を打ちつけた。

「はぁあ、ひどいわ……おじさまが、私をこんなふうに変えたんだわ」

クラリスは全身で強くイキみながら、恍惚としてつぶやく。

「そうだ――君を育てたのは私だ――もっと淫らに美しく、私色に染めてあげる」

アルヴィンはクラリスの耳元で熱い息まじりにささやき、さらに腰の抽挿を速めていく。

愛しい人を受け入れる悦びと、公共の場で密やかに淫らな行為に耽る背徳感で、いつも以上に快感を覚えてしまう。

「ふ……は、はぁ、は……」

狂おしく込み上げる嬌声を必死で呑み込み、張り出した亀頭がぐりぐりと媚襞を抉る愉悦に酔った。

後背位でアルヴィンの逞しい欲望を受け入れていると、ひりつく秘玉の裏側を脈動する肉胴の裏筋が強く擦り上げて、きーんと耳鳴りがするほど感じ入ってしまう。

「ん……く、は、はぁ、は……っ」

アルヴィンの充溢した屹立が最奥を抉るように突き上げ、そのまま小刻みに揺さぶってきた。

「ひ……だめ、そこだめ……あぁ、あ、ぁっ」

振動が子宮全体に伝わり、一度極めたエクスタシーが何度も上書きされてしまう。

えも言われぬ愉悦が脳芯まで届き、理性のたがが吹き飛び、忘我の極地に届いてしまいそうだ。

「奥……だめ、あ、おかしく……あぁ、こんなところで……こわい、あ、ぁ」

クラリスはがくがくと下肢を震わせ、手すりに顔を押しつけて悲鳴を噛み殺した。

「奥がいいのだね——吸いついてくる」

アルヴィンがくぐもった声を出し、クラリスの尻肉をぐっと引き寄せ、大きく腰を押し回した。

「だ、め……動かないで……ぇ、あ、だめ、だめ……っ」

頭が真っ白になり、クラリスはいやいやと首を振る。

大勢の人々のいる中で、はしたない行為に耽っていっそうに淫らに感じ入ってしまう自分が、恐ろしくなる。

「だめになって、いいから——」

アルヴィンはずんずんと子宮を押し上げるような大きな振動で、柔肉(やわにく)を穿ってきた。

「ひあ……ぁ、あ、だめ、ほんとうに、だめに……っ」

隘路が肉幹でめいっぱい押し広げられ、媚肉はそれをぎゅうっと強く締めつける。

「く——押し出されそうだ——クラリス」

アルヴィンがたまらないというように低く呻(うめ)いた。

「は……や、あ、こんなの……おかしく……っ」

腰を抱えるアルヴィンの手に、ぐっと力がこもった。

「——唇を、キスを、クラリス」

あわや大きく嬌声を上げそうになっていたクラリスは、後ろに括られた腕を摑まれ、強引に口唇を塞がれた。

「んぅ、ふ、ちゅ、は……ぁあぁ」

喘ぎ声を呑み込まれ、舌を思い切り吸い上げられ、クラリスはそのまま激しく達してしまう。

びくびくと断続的にクラリスの濡れ襞が収縮を繰り返し、その凄まじい締めつけにあおれるように、アルヴィンも達した。

「あ……ふぅ、んん、んんんんぅ」

すべての欲望を吐き出すまで、アルヴィンが何度か力強く腰を打ちつける。

その熱い飛沫を最奥に感じ、クラリスは再び軽く達してしまう。

深い快美感に酔いしれ、二人はぴったりと身体を密着させていた。

覆い被さっているアルヴィンの浅い呼吸と力強い動悸を背中に感じ、クラリスはうっとりと幸福感に浸っている。

折しも、舞台では紆余曲折を経て、再び心を通わせた恋人同士が手を取り合って歌っている。

「あなたは私の光、命、希望。未来はきっと私たちのために輝く」

めくるめく快感の中で、クラリスは天の声のようにその煌めく歌声を聞いていた。

「素晴らしい舞台だわ」

幕間、ロビーの休憩室でレモネードで咽喉を潤しながら、クラリスはため息をついた。

密やかな淫らな行為のせいで、気持ちも身体も昂り、よけいに舞台上の主人公たちに気持ちを重ね合わせてしまう。

「今夜のプリマドンナは、最高のできばえだな。ソプラノの伸びが素晴らしい」

アルヴィンもしきりに感心している。

彼は上着の内ポケットからシガーケースを取り出した。

「クラリス、私は一本だけ煙草を吸いたいので、喫煙室に行ってくる。すぐに戻るから、ここにいなさい」

「わかったわ、おじさま」

クラリスは休憩室を出ていくアルヴィンの後ろ姿を、愛情を込めて見送った。

と、そこへ入れ違いにジャックが入ってきた。

「クラリス、君たちも招待されていると思ったよ。僕のボックス席は、君たちのちょうど向かい側だったんだ」

「まあ——ジャック」

クラリスは一瞬ひやりとする。

もしかしたら、ボックス席での淫らな行為が、ジャックにばれたかもしれないと思ったのだ。

だがジャックは快活に笑いながら、クラリスの座っているソファの横に腰を掛けて言った。

「ただ、僕はどうも恋愛劇というのは苦手でね。実はずっとぐうぐう寝てたんだ」

クラリスはほっとして微笑んだ。

「いやだ、ジャックったら」

彼女の婉然（えんぜん）とした表情に、ジャックが目の縁をかすかに赤らめた。

「今夜の君は、いっそう色っぽく綺麗（きれい）だな。椿姫なんかより、ずっと君のほうが魅力的だ」

クラリスはいつものジャックの軽口かと、笑っていなそうとした。

「ふふ、あなたってば口がお上手なんだから」

すると、ジャックは表情を改めた。

「お世辞なんか言うもんか——クラリス。実は叔父さんが席を外すのを、さっきから窺っていたんだ。君は最近は、僕とも外出してくれなくて、二人きりになるチャンスがぜんぜんなかったからね」

「え？」

クラリスはきょとんとして相手の顔を見る。

ジャックがいつになく真剣な目でじっと見つめてくるので、クラリスは落ち着かなく手元のハンカチを畳んだり開いたりした。

「クラリス、君と初めて会ってから十年以上経つね」

「え、ええ、そうね——あなたは古い友だちだわ」

「ねえ。僕はずっと、君だけを見ていたのだよ」

「ジャック……」

クラリスはにわかに脈動が速まってくるのを感じた。

今まで幼馴染みの優しいお隣さんだとしか思っていなかった彼に、ふいに男性の匂いを感じ取ったのだ。

「毎年、毎年、君が美しく成長する姿を、僕はどんなに眩しく見ていたか」

「ジャ、ジャック——もう、やめて」

それ以上、彼の言葉を聞きたくなかった。大事な幼馴染みを失う予感に怯(おび)えた。

「君が好きだ、クラリス。君のことを理解している男は、叔父さん以外には僕しかいない。だから——」

ジャックがそっと手を重ねてきた。クラリスは邪険に手を振り払うこともできず、身体を強ばらせて次の言葉を聞いた。

「結婚して欲しい。クラリス。ずっと、君にプロポーズしたかったんだ」

クラリスは一瞬ぎゅっと目を瞑(つぶ)った。

脳裏に、アルヴィンに首都（コルディ）に連れて来られ、友だちもいないまま過ごしていたときに出会ったジャックの面影が浮かんで、消えた。

クラリスは目を開き、そっとジャックの手から自分の手を引いた。

「――ジャック。あなたは私の大事なお友だちだわ。寂（さび）しい孤児の私に、いつも優しかった。こんな私に求婚してくれて、ほんとうに嬉しいわ」

「じゃあ――」

ジャックの表情が期待にぱっと明るくなるのを、クラリスは押しとどめるように言葉を繋いだ。

「でも、私はあなたと結婚できないわ。あなたが嫌いなわけじゃなくて、まだ、誰とも結婚したくないの」

みるみるジャックの表情が険しくなる。

「どうして？　君はもう充分大人で、素晴らしい貴婦人だ。婚期を延ばす理由なんかないじゃないか。それとも、僕以外に誰か想い人でもいるのかい？」

クラリスは必死で首を振る。

「い、いいえ。私は、ただ、おじさまのお側にずっといたいだけ。お世話になったおじさまに、ご恩返ししたいの」

ジャックの顔色が青ざめる。

「やっぱり——君は叔父さんが好きなのか？」

クラリスは唇を噛みしめてうつむく。

答えないことで肯定していることになってしまう。

「そうなのか——そんなことだろうと思ってはいたが——」

突然、ジャックが立ち上がった。

彼の眉間に怒りの太い血管が浮いている。

「君はずっと叔父さんに育てられてきたから、父親への愛情と異性への愛情を取り違えているんだ！」

強い口調で言われ、思わず反論してしまう。

「そんなことはないわ！　おじさまへのこの気持ちはけっして、勘違いなんか——」

ジャックがキッと睨んできた。

クラリスは、はっと口を噤んだ。つい、アルヴィンに対する恋情を口走ってしまった。

「僕は諦めないからね。クラリス。きっと君を僕のものにするからね」

ジャックは低い凶暴な声でそう言うと、足早に休憩室を出ていった。

クラリスは全身の力が抜けてしまい、ぐったりとソファに腰を沈めた。

たった今、仲良しの幼馴染みを失ってしまったのだと思うと、胸いっぱいに悲しみが広がっていく。

そこへ、アルヴィンが戻ってきた。

「待たせたね。ちょうど学友がいて、少し話し込んでしまったよ。おや、顔色が悪いが、大丈夫か？　クラリス」

気遣わしげに近づいてくる彼に、クラリスは必死で笑顔を作った。

「ええ、大丈夫。あんまり舞台に感動してしまったものだから――少し疲れただけ」

アルヴィンが優しく微笑んだ。

「君は繊細で感受性が豊かだからね。そういうところが、ほんとうに魅力的だ」

同じ異性に褒められるのに、アルヴィンからだと身体の芯までほっこり温かくなる。

クラリスは動揺を押し隠し、ジャックから求婚されたことは黙っていた。

叔父と甥の関係を悪くさせたくないという気遣いもあった。

だが、心の中は人が変わったように険悪な表情で去っていったジャックのことが気にかかって仕方なく、せっかくの歌劇の後半はさっぱり頭に入ってこなかったのだ。


夜半過ぎに舞台がはね、二人は屋敷に戻ってきた。

帰りの馬車の中で無口になったクラリスを、アルヴィンは心配そうに見ていたが理由を問いただしてはこなかった。

一緒に階上の部屋に向かう途中、アルヴィンがクラリスのほっそりした肩を優しく撫で擦り、声をかけた。

「長い舞台だったので、疲れたようだね。風呂を使ってゆっくり身体を解すといい」

ぼんやりジャックとのことを思い出していたクラリスは、のろのろと首を振った。

「いいえ、今夜はもうこのまま休みます。お風呂に入る気力が湧かないの……コルセットは、後で外してくださればいいです。お休みなさい」

階段を上り切って廊下を寝室に向かおうとすると、ふいに背後からアルヴィンが軽々とクラリスの身体を横抱きにした。

「あっ……」

驚いて思わずアルヴィンにしがみついてしまった。

「では、私が洗ってやろう」

彼はそのまま浴室に歩きはじめる。

「や……いいの。下ろして、おじさま」

「子どものときには、よく私が洗ってあげただろう？」

初めて屋敷に来た頃は、まだメイドたちに入浴させてもらっていたが、いつの間にか風呂に入れるのもアルヴィンの役目になっていた。

泣き虫のクラリスは、嬉しいにつけ悲しいにつけ、よく号泣した。

そんなとき、アルヴィンは優しくクラリスを風呂に入れ、花の香りのするシャボンで丁寧に洗ってくれた。クラリスはアルヴィンに風呂に入れてもらうのが大好きだった。浴槽に可愛いお風呂用の玩具(がんぐ)をいっぱい浮かべてくれたり、虹色のシャボン玉を浴室いっぱいに作ってくれたりして、クラリスをたいそう喜ばせてくれたものだ。

だが、クラリスが年頃になると、アルヴィンのほうからそういう行為を避けるようになり、いつしかしなくなっていたのだ。

「いい、自分で入るから――」

恥ずかしくて彼の腕から逃れようと身じろぎしたが、

「遠慮するな」

逞しいアルヴィンにしっかりと抱きかかえられ、やすやすと浴室に連れ込まれた。

白と青のタイルをモザイク張りにした広い浴室の中央に、大きな白い大理石の浴槽がある。湯がたっぷりと張られ、薔薇の香りのする浴剤が入れてあった。

「さあ、脱いで」

アルヴィンは上着を脱いでシャツの袖を捲り上げると、手慣れた動作で、クラリスのドレスの胴衣のボタンを外し、コルセットの紐を丁寧に解いた。スカートもペチコートも外され、ドロワーズも脱がされる。

あっという間に一糸まとわぬ姿にされたクラリスは、そのまま抱き上げられて浴槽の中にざぶんと入れられる。

「や……見ないで」

明るい浴室の中に、全裸の自分の姿が晒され、クラリスは両手で胸を覆い、身を小さくさせて恥じらう。

「私になにを恥ずかしがることがある。手足を伸ばしてゆったり浸かるがいい」

アルヴィンは浴槽の縁に腰を下ろし、何度もクラリスの剝き出しの肩にお湯をかけてくれる。

「やはり、今夜の演目が悪かったかな。悲恋の上に、ヒロインが病死してしまうんだからな──繊細な君には刺激が強かったかもしれない」

アルヴィンは目の周りに後悔の色を滲ませた。

クラリスは、徐々に身体がほかほか温まり、少しだけ気持ちが落ち着いてきた。

「そんなこと、ないわ。ヴィオレッタが愛する人のために、わざと裏切るふりをして彼のもとを去る姿に、感動したもの。私ね、おじさま──」

「ん？」

アルヴィンが促す。

「人を愛するって、自分より相手の幸せを祈ることなんだって、あのお話で初めて知ったの」

それは本当だった。

それまでクラリスは、アルヴィンが好きだから一緒にいたいとだけ願っていた。

だが、それは自分だけが幸せになればいいという、わがままな感情なのかもしれない、と思い直したのだ。

劇的な物語の舞台とジャックからの求婚も相まって、クラリスの心は嵐のように荒れ狂っていたのだ。

「そうか——」

アルヴィンは床に腰を下ろすと、両手で薔薇の香りのシャボンを泡立て、すべすべしたクラリスの肌に柔らかく擦りつけはじめる。

「私はいつだって、私のことより君の幸せを願っているよ」

艶っぽいバリトンの声でささやかれ、かあっと頬が火照った。

「それは……親代わりに大事に育てていただいて——あっ」

アルヴィンの手の平が、ぬるりと乳房を撫で回した。

大きな手の平が、豊かな乳房を撫で回し、指の間に乳嘴を挟んで繰り返し擦り上げてくる。

「や——もう、自分で洗うから……」

「ここも——大事なところは特に念入りに洗わないとな」

アルヴィンの片手は、背中から尻に下り、太腿の狭間にたどり着き、そこを何度も弧を描くように撫でる。

「あ、や……そこ……」

和毛の奥まで指が入り込み、クラリスはびくんと身体をすくめた。

「君が大事だ——誰よりも大切だ」

色っぽい声が耳元を擽り、ぬるぬるした手の動きは、もはや本格的な愛撫に変化している。

「ん、やぁ、だめ、そんなに触っちゃ……」

お湯の上気で頭が逆上(のぼ)せてきて、よけいに酩酊(めいてい)したようにくらくらしてしまう。

「あの歌劇のアルフレードは若すぎた。愛する人の嘘が見抜けず、彼女を一度は見捨ててしまう。だが、私はけっしてそんなことはしない——どんなことがあっても、愛する人を見捨てたりはしない」

あまりに艶(なま)めかしい愛の告白のような言葉に、クラリスは全身が熱く戦慄いてしまう。

彼はただ、舞台の感想を言っているだけかもしれないのに——。

息苦しくなり、クラリスはアルヴィンの腕を押しのけようとした。

「もう——」

だがアルヴィンは、さらに執拗にクラリスの秘裂をぬるぬると擦り、シャツが濡れるのもかまわず浴槽に身を乗り出し、唇を塞いでくる。

「んっ、んぅ……っ」

濃厚な薔薇の香りが鼻腔(びこう)を満たし、咽喉奥までアルヴィンの舌が押し込まれ、息が詰まりそうだ。

股間がひどくぬるついてしまい、シャボンか自分のぬめりかわからない。

アルヴィンの指先が、敏感な肉粒を軽く擦り上げただけで甘い痺れが走り、腰がびくんと浮いた。

「やぁ……ふぁ、あ、ぁ……」

身を振りほどこうとしても、舌を痛いほど吸い上げられて、顔を振り払うこともできない。

そのままアルヴィンの指は、感じやすい媚襞や秘玉を巧みに擦り続ける。

「んぅ……は、あぁ、あ……」

敏感な花芽がじんじん疼いて、腰がもどかしく蠢いてしまう。

「すっかり身体がほぐれてきたね」

濡れた唇をわずかに離し、アルヴィンが掠れた声でささやく。逆上せて、お湯よりも体温のほうが熱くなってしまったようだ。

「も、もう、出る……から」

湯船から身を起こそうとすると、腰を引き寄せられ、耳朶の後ろやうなじに舌が這い回る。

「まだ全部、綺麗にしていない」

「やぁ、あ、だめ……そこっ」

感じやすい耳裏を舐められ、びくびくと背中がすくんだ。その間にも、股間を弄る指は巧みに秘玉と膣襞を刺激してくる。

「おかしいね、洗っても洗っても、ここがぬるぬるしている」

アルヴィンがからかい気味にささやくので、クラリスは全身を薔薇色に染めて身悶えた。

「もう、いや、だめ……こんなにしちゃ……」

淫らな愛撫に耐え切れず、涙目で首を振る。

「私も少し冷えてきたな。一緒に入っていいかな？」

アルヴィンはクラリスからわずかに身を離すと、濡れた衣服を素早く脱ぎ捨ててしまった。

「あ――」

今まで、こんなに明るい中でアルヴィンの裸体をまじまじと見たことはなかった。

男らしく、筋肉質で鍛え上げられた身体だ。

しかも股間の欲望は、凶暴なほど漲っている。

彼は立ち上がるとざぶざぶと浴槽に入り、クラリスを背後から抱きかかえるようにした。

ざあっと香り高い湯が大量に溢れ出た。

「いい気持ちだ」

アルヴィンが深いため息をつき、ぎゅっとクラリスの腰を抱いてくる。

「お、おじさま……」

クラリスは自分の柔らかな尻に当たる、ゴツゴツとした屹立の感触に落ち着かない。

「どら、ここは綺麗になったかな？」

アルヴィンの片手が、再び股間を這い回る。シャボンのせいか、指はぬるっと易々奥まで滑り込んでくる。

「んう、は、あ、指……だめ……っ」

ぐぐっと最奥まで指で掻き回され、熟れた媚肉が物欲しげにひくついた。

「ますますぬるついているね」

アルヴィンは片手でクラリスの乳房をねっとりと揉み回し、もう片方の手で濡れ襞を押し開くように掻き回す。

「あ、あぁ、あ、だめ……っ」

全身が淫らに疼き、クラリスは息を乱して腰をくねらせる。その動きが、アルヴィンの男根を誘うように刺激してしまう。

「いやらしい子だね、自分から求めてくるとは——」

アルヴィンが股間を押し回すように、尻肉に擦りつけた。

「あぁ、違うの……あぁ、も、もう……」

ひどく身体が昂って、背中が仰け反る。

ひくつく蜜口に、硬い亀頭の先端が背後から落しつけられたかと思うと、つるっと侵入してきた。今まで一番たやすく受け入れられた。

「あぁあ、あ、はぁっ」

疼く濡れ襞を満たされた悦びに、クラリスは甘い悲鳴を上げた。

一気に根元まで呑み込んでしまい、腰ががくがく震える。

「全部咥え込んでしまった——奥が吸いついてくるよ」

悩ましい声を耳孔に吹き込まれ、ぞくぞくとそれだけで甘く達してしまう。

「挿れただけで、もう達してしまったのか？　こんなに感じやすく可愛い身体になってしまって、あの無垢な君が、哀しいくらいだ」

しかし、アルヴィンの口調は満足そうだ。

彼はゆっくりと真下から突き上げてくる。

「はぁ、あ、は、はぁっ」

ばしゃばしゃと湯が激しく飛び散った。

クラリスの感じやすい部分を熟知しているアルヴィンの、熱い灼熱の肉胴の動きに否が応でも甘く感じてしまい、膣襞がきゅうきゅうと悦ばしげに収縮を繰り返す。

「あ、もうだめです……達く……っ」

あっという間に絶頂を極め、背中が弓なりに仰け反った。

「可愛い小鳥、私のクラリス——」

幼い頃からのアルヴィンの口癖を、幾度も耳に熱く吹き込まれ、クラリスは思考が滞ってしまう。

アルヴィンは深く挿入したまま、背後からクラリスの膝裏を抱え、M字型に大きく開脚させた。

「そら、クラリス。正面を見てごらん」

「え？」

愉悦に霞んだ目を見開くと、浴槽の向い側の壁一面の鏡に、恥ずかしい姿の自分が映っていた。

大きく開いた股間の間に、アルヴィンの剛直が粘膜を押し広げて深々と突き刺さっている様が丸見えだ。

淫らに濡れ光る陰唇から、禍々しい赤黒い肉棒がゆるゆると出入りしている。

「あ、あ、やあっ」

クラリスは羞恥で思わず両手で顔を覆った。

「だめだ、よく見なさい。君が私のものを嬉しそうに受け入れているのを――」

少し強い語調で言われ、恐る恐る開いた指の間から、自分の淫らな姿を見つめる。快楽に酩酊した自分と視線が合い、ぞくんと淫靡に膣奥が震えた。

「く――ますますきつく締まってきた。よく見ていてごらん。私のものが、君を天国に連れて行く瞬間を――」

アルヴィンはそう言うや否や、さらにクラリスの両脚を開かせ、がつがつと腰を穿ってきた。

「はぁっ、あ、あぁぅ、いや、そんなに激しく……っ」

力強い突き上げに、激烈な快感の波がクラリスを襲う。

鏡の中の自分の顔が、淫らに妖しく歪むのをぼんやりと見つめた。

(ああ……私って、こんなにいやらしい顔をして、おじさまに抱かれていたの……)

背徳的な愉悦が全身を駆け巡り、クラリスはぐちゅぬちゅと太い屹立が抜き差しされる自分の痴態から、目を背けることができない。

「ここが好きだろう？　子宮口の手前の、このぴくぴくするところが――」

アルヴィンが背後から腰を押し回すようにして、感じやすい部分を責めてきた。

「ああっ、あぁ、だめ、そこだめっ、あぁ、あぁあっ」

喜悦の激しい衝撃で、脳芯まで真っ白になる。

「いいのだろう？　好きだろう？」

アルヴィンの興奮も高まっているのか、痛いほどうなじや首筋を吸い上げられ、猥りがましい赤い痕が点々と散った。

「くぁ、は、ああ、好き、好き、そこ……あ、いいっ」

全身を波打たせ、クラリスは嬌声を上げる。

「ああ好き、おじさま……好き、おじさまが、好き……っ」

自分がなにを口走っているのか、自覚がなかった。

「クラリス――っ」

アルヴィンの声が掠れ、彼の腰の抽挿が一段と激しくなった。

「ひはぁあ、あ、だめ、壊れ……あぁ、達く……あぁ、また、達っちゃう……っ」

クラリスは我を忘れて、法悦に身を任せて嬌声を上げた。

浴室にクラリスの悩ましい悲鳴と、粘膜が打ち当たる淫猥な音が交互に響き渡る。

「あ、あぁ、あ、また……あぁ、もう……あぁん、またぁ……っ」

揺さぶられるまま甘く啜り泣くと、アルヴィンが力任せにクラリスの身体を揺さぶった。

「――出る――出すぞ――クラリスっ」

アルヴィンが低く呻き、最奥でびくびくと剛直が弾けた。

「あぁ、あぁああ、あぁぁあああぁっ」

愉悦の極地に飛び、クラリスは全身でアルヴィンの迸りを受け入れる。

感じ入った柔襞は、男の肉棒をきつく締め上げ、欲望の白濁をことごとく呑み込んだ。

背後から骨も折れんばかりに強く抱きしめられ、溢れ返る快楽の奔流に巻き込まれたクラリスは、意識を薄れさせていく。

最後に目にしたのは、鏡の中で泣き笑いのように酩酊した表情を浮かべる自分の顔だった。

第五章　盗まれた花

王室長官からクラリスに、「王宮での初拝謁(プレゼンテーション・アット・コート)」の許諾証が届いた。

王宮に出向き、女王の応接間で拝謁(はいえつ)を賜(たまわ)るこの行事は、その淑女が上流貴族社会に正式に受け入れられる証(あかし)であった。


当日。

宮廷用のドレスに身を包んだクラリスは、天から舞い降りた女神と見間違うばかりに美しかった。

最高級礼装は白一色と決められている。

繊細なレースで縁取られた胸ぐりの深い胴衣、同じレースで飾られた短い袖(そで)、幾重にもドレープを重ねたシルクのペチコート、そして何メートルにもなる長い裳裾(もすそ)はレースと花飾りが付いている。

豊かなプラチナブロンドをふんわりと結い上げ、白い羽飾りを付けてチュールのヴェールを長く垂らした。肌理(きめ)細かい肌にほんのり薄化粧をほどこし、ピンク色の頬と艶々(つやつや)した赤い唇が若々しさを強調している。

ほっそりした腕に長い白手袋をはめ、白百合のブーケを手にした。

化粧室の姿見の前に立ったクラリスは、衣装に不備がないか何度も全身をチェックした。

この晴れの日に不手際があってはならない。

「クラリス、そろそろ宮殿に向かおう」

アルヴィンが、化粧室のドア口に立って声をかけた。

「は、はい」

クラリスは緊張した面持ちで振り返る。

「おお――これは、最高の出来上がりだ。今日の拝謁を賜る数多(あまた)の淑女の中で、私の可愛(かわい)い小鳥が抜きん出て美人なのは間違いないな」

グレイの礼装姿のアルヴィンが、感嘆のため息を漏らす。

「おじさま――これで大丈夫かしら？」

まだ自分の仕度に自信がないクラリスは、小声で尋(たず)ねる。

「文句なしだ――さあ、おいで」

アルヴィンが手を差し出したので、クラリスは長い裳裾を手に絡め、しずしずと前に進み出た。

「まあ、まるで花嫁人形のようですわ」

「お嬢様ほどお美しい貴婦人はおられませんよ」

仕度を手伝ったメイドたちは、口々に感嘆の声を漏らした。

「花嫁」という言葉に、クラリスは内心胸が高鳴ってしまう。

確かに、美麗なアルヴィンに腕を取られて歩いていくと、真っ白いドレスのせいもあり、これから結婚式を挙げるために教会に向かうような錯覚に陥ってしまう。

そして、純白のドレスの下には、淫らな漆黒のコルセットを身につけていた。

王宮に上がる日ですら、アルヴィンはこのコルセットをつけることを強要した。

女王陛下への畏れ多さに身がすくみ上がりそうだったが、いついかなるときでもアルヴィンと共にあるという心強さも感じていた。

お抱えの馬車に乗り込み、馬が走り出す。アルヴィンが懐中時計を取り出して見ているので、クラリスは心配げな声を出す。

「おじさま、もっと早く出立したほうがよかったかしら？　拝謁は先着順でしょう？　今日一日、大勢の御令嬢が拝謁するので、夜明け前から宮殿の前に並ぶ令嬢もいるって聞いたわ」

アルヴィンは時計を懐に仕舞うと、安心させるようにゆったりと微笑んだ。

「問題ないよ。君のために、知り合いの王室関係者に頼んで『アントレー』をもらっている。並ばなくても、すぐに女王陛下の応接間に通される。君にはゆっくり仕度をしてもらいたかったからね」

「ありがとう、おじさま——国一番の仕立て屋に特注のドレスを注文したり、拝謁のときの礼の作法も、マナーの教師を呼んで教えてもらったり……なにからなにまで気を遣っていただいて」

クラリスは、自分の晴れの日のためにアルヴィンがすべてに手回ししてくれたことを、心から感謝した。

「今日の拝謁を終えれば、君は一人前の淑女だね——私の膝の上にちょこんと君が座って、絵本を読んであげたのが昨日のことのようだよ」

アルヴィンが感慨(かんがい)深そうに目を細めたので、クラリスは胸がじんと締めつけられた。

「ほんとうに、あっという間でした。おじさまに大事に愛情深く育てられて、私はとても幸せでした……」

思わず涙ぐむと、アルヴィンがそっとハンカチを差し出して冗談ぽく言う。

「こら、嫁にいくわけでもないのに——晴れの日に涙は禁物だぞ」

クラリスはハンカチを受け取り、微笑んだ。

「ふふ、ごめんなさい。感傷的になってしまいました」

アルヴィンはすっと表情を引きしめ、まっすぐクラリスを見つめた。

「今日の拝謁が終わったら、君に改めて話したいことがある。そら、先(せん)だってのリットマン侯爵からの申し出の件もあるし——明日、レストランを予約してあるので、君のお祝いを兼ねて晩餐を取ろう」

クラリスはかすかに不安にかられる。

(私が一人前の貴婦人になるので、もうお嫁に行けというのかしら。リットマン侯爵のご子息と、お見合いをしろと言われるのかも……)

さっきまでの華々しい気持ちが、みるみるしぼんでしまう。

(いけない、大事な行事がこれから始まるのに——辛いことは明日考えよう。今はただ、立派に女王さまの前でご挨拶をすることだけを考えよう。おじさまの名誉のためにも、しっかり拝謁をすませよう)

そう自分に言い聞かせ、気持ちを引きしめた。

バッキンガム宮殿の前に到着すると、玄関前のアプローチ広場は送迎の馬車でひしめき合っていた。

馬車からは、煌びやかな礼装でめかしこんだ令嬢たちが次々降りてくる。

アルヴィンは先に降りて、クラリスが降りるのに手を貸した。

長い裳裾をさばきながら、クラリスは王宮の玄関前に立った。

アルヴィンは、王宮付きの係に名刺と優先権の書類を呈示した。

「どうぞ、御令嬢。ご案内いたします」

係が恭しく クラリスを先導した。

「では、行っておいで。私はここで君を待っているから。君なら、ここにいる令嬢の誰よりも美しく優雅に、女王陛下にご挨拶ができると信じているよ」

クラリスは緊張した面持ちでアルヴィンを振り返り、こくんとうなずいた。

「それに——誰にもわからないけれど、私は君といつも一緒だからね」

アルヴィンが意味ありげにウィンクしたので、クラリスは頰を赤らめた。

彼がドレスの下に身につけているコルセットのことを言っているのは、明らかだった。

恥ずかしかったが、彼のひと言で気持ちがすっと落ち着いたのも確かだ。

ここから先はひとりで行くのだ。

いつも寄り添って助け舟を出してくれるアルヴィンは側にいない。

(本当の意味で今日は、私は大人になるんだわ)

クラリスは深呼吸を一つすると、お付きのメイドを従えて胸を張って歩き出す。

背中にアルヴィンの柔らかな視線を感じ、勇気が湧き上がってきた。


女王陛下への拝謁は、クラリスが一生忘れられない素晴らしい思い出になった。

女王の応接間へ続く階段の下までずらりと並んで順番を待っている令嬢たちを尻目に、クラリスは優先的に控えの間に案内された。

並んでいる令嬢の中には、疲労と緊張で気分が悪くなって倒れてしまう者もいて、クラリスは改めてアルヴィンの手配してくれた優先権に感謝した。

控えの間にも大勢の令嬢が待機していた。

皆緊張し切って強ばった表情だ。

クラリスが滑るような足取りで入っていくと、彼女のあまりに優美で気品に溢（あふ）れた容姿と佇（たたず）まいに全員がはっと目を奪われた。

「あの人、なんて落ち着いて、堂々となさっているのかしら」

「いやだ。あまりにお綺麗（きれい）だから、あの方の後にご挨拶に入るのが気が引けてしまうわ」

椅子にも座らずしゃんと背筋を伸ばして立っているクラリスを遠巻きにし、令嬢たちはひそひそ会話を交わす。

クラリスも気を張っていたが、不思議と落ち着いていた。

アルヴィンのことを考え、彼の名誉のために立派に振る舞うのだと自分に言い聞かせると、すうっと緊張感が消えていく。

「アッカーソン公爵御令嬢」

控えの間に続く応接間の扉の前で、呼び出し係が名前を呼んだ。

「はい」

クラリスはしとやかだがはっきりと返事をし、顎（あご）を引いて応接間に向かって歩き出した。

「おじさま……おじさま……っ」

クラリスは長い裳裾をからげ、足早に王宮の玄関ホールからアプローチへの階段を下りていった。

階段の下で、腕組みをし人待ち顔で直立しているアルヴィンの姿があった。

「おじさま！」

アルヴィンがはっと顔を上げる。

「クラリス！」

彼が長い両手を広げた。

クラリスは夢中で彼の胸に飛び込んだ。

レースのヴェールとヴェルベットの裳裾が、ふわりと翼のように後ろに広がる。

アルヴィンがしっかりと抱きとめてくれる。

「ああ、おじさま。無事終わりました！　私、完璧に女王陛下にご挨拶したわ！」

クラリスは歓喜に興奮した声で言う。

「そうか、クラリス！　君なら大丈夫だと信じていたよ！」

いつもは沈着冷静なアルヴィンも声を弾ませた。

「女王陛下は、立派な玉座に座っておられて——威厳と気品に溢れた素晴らしいお方で——

私、御手にキスをして、お言葉もいただいたの」

　クラリスはキラキラ光る瞳でアルヴィンを見上げた。

「『美しいレディのあなたの未来に、幸多からんことを』――そうお声をかけてくださったの！」

　感動のあまり、クラリスの目に涙が浮かぶ。

「そうか。そうか――女王陛下はめったにお声をかけてくださらないと聞いている。君は陛下に認めていただけたのだな」

　アルヴィンはクラリスの頬をそっと撫でた。

「君は私の誇りだ。クラリス」

　クラリスの胸は、アルヴィンに対するせつない愛情でいっぱいになった。


　屋敷に帰り着くと、使用人たち一同と隣家のホプキンス夫妻が出迎えてくれた。ホプキンス夫妻の背後には、ジャックも立っている。彼の姿にクラリスは一瞬どきんとした。

「まあアルヴィン、その様子だとあなたの自慢のご令嬢は、無事拝謁をすませたみたいね。これで正式な貴婦人ね、クラリス。ほんとうにおめでとう！」

　アルヴィンの姉であるホプキンス夫人が進み出て、アルヴィンとクラリスにお祝いのキスをする。

「ありがとうございます、夫人」

クラリスはキスを返しながら、ちらりとジャックのほうを見る。彼はなにごともなかったような顔をしているので、少し安心した。

「さあさあ、皆さま食堂へどうぞ。ささやかですが、お祝いのごちそうを用意いたしました」

執事長に促(うなが)され、一同は食堂へ向かった。

廊下の途中で、さりげなくジャックが側に寄ってきた。

「おめでとう、クラリス。とても綺麗だ」

彼はいつものにこやかな表情だ。

クラリスは微笑み返した。

「ありがとう、ジャック」

(プロポーズを断ってしまったけれど、ジャックとはいいお友達でいたいわ)

クラリスがそう思った直後、ジャックは微笑んだままクラリスの耳元でささやいた。

「ところで君、アルヴィン叔父さんの秘密を知りたくないか?」

クラリスは立ち止まって、息を呑(の)んで彼を見返した。

ジャックはクラリスにだけ聞こえる声で続ける。

「君には重大な秘密だと思うよ。もし、知りたければ、明日の日の出前に、使用人たちに見つからないように、庭伝いにうちの屋敷の裏においで」

廊下に立ち止まっているクラリスとジャックに、アルヴィンが食堂の入り口で声をかけた。

「どうした、二人とも。早くおいで」

ジャックはさっとクラリスから身を離し、爽(さわ)やかな声で答える。

「はい、叔父さん」

クラリスは強ばった表情で後から続いた。

アルヴィンが気遣わしげに言う。

「どうした、クラリス？　気分でも悪いか？」

クラリスは慌(あわ)てて笑顔を取り繕う。

「いいえ、拝謁が終わって、少し気が抜けてしまったの」

その答えにアルヴィンが納得したようにうなずいたので、クラリスはほっとした。

だが華やかな祝いの席で、クラリスの胸の中には暗雲が立ち込めていた。

(おじさまの秘密って、なに？　ジャックはなにを知っているというの？)

食堂ではジャックは物問いたげなクラリスの視線を、一切無視した。

おかげでクラリスの心の中が不安と疑問でいっぱいになってしまう。

せっかくの晴れがましい気持ちは、すっかり吹き飛んでしまったのだ。

その晩――。

「王宮での初拝謁(プレゼンテーション・アット・コート)」で疲労困憊(ひろうこんぱい)しているという言い訳をして、クラリスは早めに自分の部屋に引き上げた。

昼間、窓際にぶら下げたままだったオウムのプリンスの籠(かご)を下ろし、覆い布をかけてやろうとした。

「オジサマ、ダイスキ。オジサマ、ダイスキ」

プリンスが眠そうな声でつぶやいたので、どきんと心臓が跳ね上がった。

そのまま寝室へ行きベッドの上に腰を下ろし、ぼんやりとまとまらない頭を抱えているうちに、いつの間にかうとうとしてしまった。

夜半過ぎ、もろもろの雑事を片付けたアルヴィンが寝室に入ってきたときは、シーツに突っ伏してうたた寝してしまっていた。

ベッドの端に静かに腰を下ろしたアルヴィンが、こちらを見下ろしている気配に、ふうっと目が覚めた。だが、彼と顔を合わせるのが気まずくて、そのまま居眠りをするふりをした。

彼はクラリスのドレスをそっと脱がせると、コルセットの紐(ひも)をゆっくり解いた。コルセットを外すと、寝間着を着せかけてくれる。

やがて大きな彼の手が、くしゃりと頭を撫でた。

「ぐっすりお休み。私の天使」

幼い頃から変わらない温かな手の感触に、クラリスはあやうく涙が出そうになった。

やがて、傍らにアルヴィンが静かに身を滑り込ませてきた。

彼の体温と規則正しい呼吸音を感じながら、クラリスは胸にせり上がる疑心を必死で押し殺した。

(ジャックはなにを私に教えようというのかしら――おじさまに秘密なんてあるわけないわ――)

悶々とその夜を過ごした。夜明け前、クラリスは思い余った末、こっそりとベッドを出た。

まだアルヴィンはぐっすり眠っている。

(おじさま、許してね。私、どうしてもジャックに真実を聞きたいの。きっと、彼は大げさなことを言っているだけだから)

素早く身支度し、使用人たちにも気づかれないよう裏口から庭伝いに隣の庭に入り、屋敷の裏へ回った。アルヴィンのコルセットをつけずに外出するのは久しぶりだ。

外はまだ薄暗かったが、すでにジャックが待っていた。

彼はにんまりした。

「やっぱり来たね。君は叔父さんのことになると目の色が変わるから」

クラリスは内心の動揺を押し隠し、なるべくいつもの口調で言う。

「おじさまの秘密ってなんなの？　そんなの嘘でしょ、いい加減なことを言わないで」

ジャックは平然して手招きした。

「まあとにかく一緒においで」

彼は裏口に停めてある馬車へクラリスを連れて行く。

乗るのを躊躇(ためら)う彼女に、ジャックが苦笑いする。

「さらったりしないよ。秘密はとあるところにあるんだ」

クラリスは意を決して、馬車に乗り込んだ。

ジャックが向かいの席に座ると、馬車が走り出す。

まだ朝もやの立ちこめる市街を、馬車は駆け抜けていく。

「どこに――？　ジャック」

心細げに言うクラリスに、ジャックは気を持たせるような表情で言う。

「君には懐かしい場所だよ。コニー・ハッチだ」

「えっ？」

かつて、幼い自分が祖母と暮らした郊外の街だ。

アルヴィンはクラリスが墓参りをしやすいようにと、祖母の墓を首都内(コルディ)に移してくれていた。そのため、引き取られてからほとんど訪(おとず)れる機会がなかったのだ。

「なぜ、そこに？」

「なぜ、叔父さんが君を引き取ったか、その本当の理由がそこにあるんだ」

意味深なジャックの言葉に、クラリスはなぜか恐ろしい予感がして、それ以上問いただす勇気が出なかった。

小一時間ほど走り、やがて目的の場所に着いたのか、馬車が停まった。

ジャックは先に馬車を降り、クラリスに手を差し出して促した。

「さあ、着いたよ」

恐る恐る馬車を降りたクラリスは、そこが見覚えのある森の中であることに気がついた。

幼い頃、いつも小鳥相手にひとり遊びをしていた森だ。

(この森で、初めておじさまにお会いしたのだったわ……)

少し感傷的になって木々を見上げていると、ジャックが先に立って歩き出した。

「この森の向こうは、墓地になっているって知っていたかい?」

「墓地——?」

森の向こうまで行ってはいけないと祖母から注意されていたので、そのことは知らなかった。

しばらく木立の中を歩くと、ふいに視界が開けた。

朝もやの中に、墓標が幾つも立ち並んでいる。

ジャックは墓の名を確かめるように、一つ一つ覗きながら墓地の中を進んでいく。

クラリスはなぜか足がすくんで、墓地の入り口に立ち止まっていた。

やがて目当ての墓を見つけたのか、ジャックが一つの墓の前で立ち止まり、こちらに手を振った。

「ここだ、おいで」

クラリスはごくりと生唾を飲み込み、深呼吸を一つしてから足を踏み出した。

緊張感が一歩ごとに高まる。

側までクラリスが来ると、ジャックは墓標を指差した。

「銘を読んでごらん」

クラリスはこぢんまりとした白い墓標に刻まれた文字を読んだ。

「『クラリス・マッケンジー　ここに眠る　享年二十歳』……クラリス、ですって？」

ジャックがうなずいた。

「そう、クラリス。彼女は叔父さんの婚約者だった女性だよ」

クラリスは一瞬、なにを言われているのかわからなかった。

「え？」

ジャックはしてやったりという表情で言う。

「叔父さんが若い頃、とても夢中になったという女性だよ。でも、婚約中、病気で早世してしまったそうだ。この間、夜中に僕の母が父と話しているのを偶然聞いてしまってね。母は言っていた『アルヴィンが引き取ったご令嬢、ますます死んだ婚約者のクラリス嬢そっくりになってきたわ。アルヴィン、あの子をどうするつもりかしら』って——それで、僕は叔父さんの過去を調べてみたのさ。そうしたら、その死んだ婚約者は、君と同じ名前で、容姿もそっくりだったのさ」

「っ――嘘……」

クラリスは衝撃を受け、頭が真っ白になった。

愕然（がくぜん）として立ち尽くす彼女に、ジャックは上着の内ポケットから一葉の写真を取り出して差し示した。

「これ、昔、僕の母や叔父さんたちが撮った写真だ。母の古いアルバムから見つけたんだ。叔父さんの横にいるのが、婚約者だった女性だよ」

クラリスは涙目でその写真を見る。

今よりもっと若々しいアルヴィンが屋敷の庭でくつろいでいる。屈託（くったく）ない笑顔を浮かべている彼の側に、寄り添うようにして座っている若く美しい女性――。

「この人が――」

クラリスは声が震えた。

彼女は今の自分に生き写しだったのだ。

ジャックは追い打ちをかけるように言う。

「どう？　叔父さんは君が死んだ婚約者にそっくりだったから、引き取ったんだ。そうして君が成長したら、いずれその婚約者の身代わりにでもするつもりだったのかもしれないよ」

「身代わり――」

クラリスは、初めて森でアルヴィンと出会ったときのことを思い出した。

彼はこの墓地の方角から現れ、ダークスーツに身を包んでいた。

クラリスはすべてが腑に落ちた。

あれは喪服で、アルヴィンは婚約者の墓を訪れた帰りだったのだ。

自分を間近で見たときのアルヴィンの驚いたような表情、名前を聞いたときのせつない眼差しがありありと頭に浮かぶ。

（じゃあ――私はおじさまの死んでしまった婚約者に名前も顔もそっくりだったから……だから、おじさまは身寄りのない私を引き取り、あんなにも慈しんで可愛がってくださったのだ……）

胸の中が虚ろになり、全身から力が抜けた。

（私自身を心に留め、愛しんでくださったわけではなかったのだ……）

ジャックは、呆然としているクラリスの肩に触れた。

「叔父さんが君を引き取った目的がわかったろう？　これからどうするか、ちゃんと考えるほうがいいと思うな」

クラリスはぼんやりした視線で鸚鵡返しに答えた。

「ちゃんと……？」

「そうだよ。叔父さんは君を死んだ婚約者の代わりに、一生君を手元に置いて支配する気かもしれないよ。君はそれでいいの？」

もはやクラリスはあまりのショックに、思考がまとまらない。

かすかに首を振って力なくつぶやく。

「わからない……わからないわ……」

ジャックが勇気づけるふうに肩をぎゅっと抱いた。

「大丈夫、僕がいるから。僕の気持ちはもうわかっているだろう？」

彼の言葉は、クラリスの頭の上を上滑りしていく。

クラリスはそのまま、ジャックに抱えられるようにして墓地を後にし、再び馬車で首都(コルディ)まで戻ってきた。

まだ日が昇ったばかりで、屋敷の使用人が起き出す時刻ぎりぎりに戻ることができた。

ジャックはアッカーソンの屋敷までクラリスを送ると、茫然自失(ぼうぜんじしつ)の体の彼女の耳元に優しげにささやいた。

「よく考えて、これからどうするか決めるといい。いつでも僕は君の味方だからね」

クラリスはそれには答えず、ふらふらと屋敷の中に入っていった。

「こんな朝早く、どうしたのだ？」

艶(つや)めいたバリトンの声に、ぎくりと顔を上げる。

玄関ホールの中央階段の一番下に、ガウン姿のアルヴィンが立っていた。

「ふと目が覚めたら、いつも側にいるはずの君がいなくて心配したぞ」

クラリスは全身の血が凍りつくような気がしたが、必死で体裁を取り繕った。

「あ、あの……昨日の興奮のせいか、なんだか早くに目が覚めてしまったから、お庭を散歩していたの」

アルヴィンはそれで合点がいったようだ。

「そうか——君の記念すべき日だったからね。そういうことなら、今日は家でゆっくり骨休めをしていなさい」

彼が近づいてきて腕を差し伸べた。

クラリスは思わず身を引いてしまう。

アルヴィンが怪訝そうな表情になった。

クラリスは動揺を気取られまいと、顔をうつむけたままぼそぼそ言った。

「あの——まだ疲れているから、もう一度ベッドに戻ってもいい？」

アルヴィンが労るようにそっと頬に触れた。

「そうか、いいとも」

いつもは甘い疼きを伴う指の感触に、今日はびくりと身がすくんだ。

クラリスはアルヴィンの横をすり抜け、のろのろと階段を上った。

「ゆっくりお休み——夕方には、レストランでお祝いの晩餐をするからね」

背中にアルヴィンの視線を痛いほどに感じ、今にも階段を駆け下りて彼にしがみついて泣き叫びたいのを、必死で堪えた。

寝室までようよう足を運び、ベッドにどさりと倒れ込んだ。

(クラリス・マッケンジー……クラリス——おじさまは私の名前を呼ぶたびに、愛する婚約者の面影を見ていたんだ——そんなの、ひどい！　あんまりだ！)

堪え切れない涙がどっと溢れ、クラリスは枕に顔を押しつけ、声を立てないようにむせび泣いた。

慈しまれ大事に育てられてきたこの十数年が、すべて偽りのようだった気がした。

自分がただの代用品だったのだという思いが、クラリスの心をずたずたに切り裂いた。

(私はなにも知らず、そんなおじさまを一人の男の人として愛してしまった。おじさまは、私に面影を重ねた死んだ婚約者のことしか見ていなかったというのに……！)

こんな残酷な事実は知らなければよかったの。

いや、なにも知らないままアルヴィンの側に寄り添うほうが、ずっと残酷だったかもしれない。

(どうしたらいいかわからない——でも、私はこれからはもう、おじさまにどんなに優しい言葉をかけられても、無邪気に信じたり喜んだりすることはできないのだわ)

泣き疲れ、うとうととしては目覚め、再び啜り泣いた。

そうしているうちに、夕刻になってしまう。

お付きのメイドのマリアが、遠慮がちに寝室のドアをノックした。

「あの――クラリスさま。そろそろ外出のお支度をなさいませんと……」

クラリスは気だるげにベッドから起き上がった。

(ああそうだ――今夜、おじさまがなにか大事なお話があるからって……)

だが頭がずきずき痛み胸は苦しく、とうてい着飾って外出する気分にはなれない。まして
や、今はアルヴィンの顔をまともに見ることすら苦しい。

「なんだか体調が悪くて、だるいの――今日はこのまま休むからって、おじさまに連絡して
ちょうだい」

クラリスはドア越しにマリアに声をかけた。今日は誰とも顔を合わせたくなかった。

マリアが去ると、再びベッドに潜り込み、泣き疲れてうつらうつらとしていた。

「――具合が悪いだと?」

どこからか気遣わしげな男の声が聞こえてきて、クラリスはぼんやりと目を開けた。

ベッドの端にアルヴィンが座り、こちらを覗(のぞ)き込んでいた。

外出用のフォーマルの上着だけ脱ぎ、クラヴァットを緩(ゆる)めシルクのシャツの胸元をくつろ

げ引きしまった筋肉が覗き、いつにもまして格好がいい。

「あ――」

クラリスは思わず両手で顔を覆った。

涙の痕が残り、泣きはらした顔を見られたくなかったのだ。

だがアルヴィンは素早く見咎め、さっとクラリスの両手首を握って顔から引き離した。

「どうしたんだ？　大事な晩餐を断ってまで――なにを泣いている？」

「いやっ」

クラリスは顔を背けた。

アルヴィンの手が、ぐいっとクラリスの顎を摑んでこちらに向ける。

「そんな、この世の終わりのような顔をして、いったいなにがあったんだ？　言いなさい！」

クラリスはぎゅっと目を瞑って首を振った。

「なんでもない……」

アルヴィンの目を見ると、嘘がつけない気がした。

「なんでもないわけがないだろう！　クラリス、私にも言えないことか？」

アルヴィンの語気が強くなる。

クラリスは唇を嚙みしめた。

いつになく意固地なクラリスの様子に、アルヴィンはなにかを感じたのか、ふと柔（やわ）らかな口調になる。

「私の可愛い天使は、なにを拗（す）ねているんだい？」

きゅんと心臓が疼（うず）く。

自分に向けられていないとわかっていても、彼の甘い言葉はクラリスの心に染みる。

（こうやって、おじさまに触れられて優しい言葉をかけられると、とうてい逆らえない）

だが、虚（むな）しい気持ちを押し隠したままアルヴィンと暮らしていける自信はなかった。

クラリスはまだ混乱した頭で、必死に思考を巡らせた。

「あ、あの……私、これからのことを考えていたの」

「これから？」

アルヴィンが訝（いぶか）しげな表情をする。

クラリスは彼の目を見ないようにして、つぶやいた。

「あの、リットマン侯爵さまのお申し出のこと……私、お返事は『王宮での拝謁（プレゼンテーション・アット・コート）』が終わってからにしてくださいと言ったでしょう？」

「うむ」

クラリスはアルヴィンに嘘を言うのが辛くて、必死で声を振り絞った。

「私、お見合いのお話をお受けしようかと思って——」

クラリスの細い顎を摑んでいたアルヴィンの手に、ぐっと力がこもった。

彼はまじまじとこちらを見つめ、あくまで静かな声で言う。

「それは——どういうつもりで？」

クラリスは早口で言う。

「だ、だって、お相手は申し分ないお方だわ。私には過分なくらい。由緒あるリットマン侯爵家と縁組できたら、おじさまにだって利益のあるお話で——」

「私の利益などどうでもよい」

アルヴィンがピシャリとクラリスの言葉を遮(さえぎ)った。

それから彼は厳しい口調になる。

「私を見なさい、クラリス」

クラリスは瞼(まぶた)を伏せた。

「見るんだ！」

語気を強くされ、びくんとして思わず目を上げた。

怒りとも悲しみともつかない光をはらんだ青い目が、鋭くクラリスを見つめている。

「君は本気でそう言っているのか？」

クラリスは彼の眼光に心折れそうになるのを、全力で耐えた。

「そ、そうよ……いずれは私だって、普通にお嫁に行きたいもの……！」

アルヴィンがかすかに眉をひそめ、傷ついたような表情になる。

「君は、ずっと私の側にいたいと言っていたじゃないか」

胸が鋭いナイフで抉られたように痛んだ。

「そ、そんなの、幼かったから……私だって、いつまでも小さい少女じゃないんです！　おじさまはいつだって私を子ども扱いして――私はもう、大人です！」

こんなに彼に逆らったことは、初めてだった。

すっとアルヴィンの顔から表情が消えた。

彼の無言の怒りを感じ、クラリスは背中が震え上がる。

「そうか、大人の女か――」

彼はいきなりクラリスの寝間着の裾を乱暴に捲り上げた。

大きな手の平が性急に太腿をまさぐる。

「ならば、確かめさせてもらおうか」

アルヴィンはクラリスの腰を抱え込んで、自分に引き寄せた。するりとドロワーズが引き降ろされる。

クラリスはアルヴィンのしようとしていることに気がつき、慌てて身を捩った。

「つ――おじさま、や、それは……いやっ」

しかし華奢な身体の抵抗は、逞しいアルヴィンにはいかほどのことでもない。

彼はクラリスの股間に性急に顔を寄せた。

太腿の狭間にアルヴィンの熱い吐息がかかり、クラリスはびくりと腰を震わせた。狼狽してアルヴィンの頭を押しのけようとしたが、それより早く、彼の舌がおののく陰唇をねろりとなぞった。

「んんぅ、あ、ぁあっ」

ぞくぞくする甘い痺れが下肢に走り、クラリスは悲鳴を上げる。

(だめ、今おじさまに抱かれたら、身も心も流されてしまう……)

自分の心の弱さを知っているクラリスは、渾身の力を込めてアルヴィンの腕から逃れようとした。

「大人しくするんだ」

アルヴィンが凶暴な声を出し、首のクラヴァットをするりと外すと、クラリスの両手を頭の上でひと纏めにし、きりりと縛ってしまう。

「あ、あぁ、やあっ」

身体の自由を奪われたクラリスは、陸に打ち上げられた魚のように身体をじたばたさせた。

アルヴィンはかまわず、再び股間に顔を寄せる。

ちゅるっと淫らな音を立てて、花弁と陰核が彼の口腔に吸い込まれる。

「んんぅ、あ、あぁ、はぁっ……」

いやだと思うのに、いつにもまして鋭い喜悦が全身を駆け巡り、クラリスは髪を振り乱していやいやと首を振る。

ひりつく秘玉（ひぎょく）をぬめる舌先で転がされると、雷にでも打たれたような鋭い快感が脳芯にまで走り、クラリスはあっという間に絶頂に達してしまった。

「はあぁ、あ、ああぁっ」

じゅわりと熱い愛液が、陰唇の奥から溢れ出てくる。

「やめて……もう、やめて、くださいっ……っ」

クラリスは涙目で懇願するが、アルヴィンは執拗（しつよう）に粘膜を舐（な）めしゃぶり、花芯（かしん）を吸い立てる。

「んんぅ、あ、そんなに……そんな、激し……あぁ、あぁっ」

短いエクスタシーが間断（かんだん）なく襲い、クラリスは息も絶え絶えになって喘（あえ）ぎ続けた。

もはや抵抗する力は失われ、アルヴィンの舌の動きにびくびくと背中を痙攣（けいれん）させて感じ入るばかりだった。

そんなクラリスにかまうことなく、アルヴィンは巧みな舌技を駆使し、クラリスを骨抜きにした。わざと粘膜を乱暴に掻き回され、愛液が泡立つじゅぶじゅぶという卑猥（ひわい）な音に、クラリスの全身の血が沸騰しそうなほど沸き立ってしまう。

「あぁ、やあ……もう、許して……ぇ」

頭の中が淫らな色に染まり、クラリスはもはやなにも考えられなくなる。

陰核が充血し切って、刺激に無感覚になるほど、追いつめられた。

もう止めて欲しいと思うのに、疼く秘部のもっと奥が、淫猥にうねうねと蠢いてクラリスをさらに追いつめていく。

「……も、だめ……おじさま……私、そんなにしちゃ……だめに……もっと……」

涙目で訴えると、アルヴィンはおもむろに股間から顔を上げる。

口の周囲が猥りがましく濡れ光り、熱を帯びた眼光が獣のようにこちらを見据えてくる。

「君の身体は正直だ――素直になるんだ、クラリス」

「う……あぁ、あ、ずるい、おじさま……こんなの、ずるいわ……」

クラリスが弱々しく訴えると、アルヴィンが勝ち誇ったように答えた。

「そうだ――いくら君が大人ぶっても、私のほうが少しばかりうわ手だということだ」

彼の長い指が、貞操帯の裂け目からつぷりと押し入り、飢えた媚肉を掻き回した。

「あぁあ、だめ、もうしないで……あぁ、奥が……もっと奥に……」

思わず淫らな願いを口にしてしまい、クラリスは羞恥に頬を染める。

「もっと奥に？　どうして欲しい？　クラリス、本音を言うんだ」

人差し指でくちゅくちゅと膣壁を抉りながらも最奥までは突き入れず、アルヴィンが焦らしに焦らしてくる。

下腹部が飢えて、情欲の炎にちりちりと灼ける。

「あぁ、意地悪……あぁ、お願い……おじさま」

クラリスは追いつめられて幼女のように啜り泣く。

「お願い……ください……もっと奥に……おじさまを……おじさま自身を……」

羞恥の限界まで口にできるはしたない言葉を、必死で口にする。そこまでで限界で、あとは物欲しげに腰を揺らすので精一杯だ。

愛する人に奥まで目一杯満たされ、一つに繋がる悦びを知ってしまうと、欲望に火がつけられた肉体は、哀しいほど無力だった。

「そうだ、いい子だ――そうやって私だけを求めるんだ」

アルヴィンが満足そうにうなずくと、クラリスの両脚を押し広げる。

「あ……ぁ」

媚肉が外気に晒される淫らな開放感に、子宮がつーんと甘く疼いてしまう。

ほころんだ花唇が、物欲しげにぴくぴく震え、とろりと愛蜜がシーツの上に恥ずかしい染みを広げる。

その乱れた様子を愉しむように見つめながら、アルヴィンがズボンの前立てをくつろがせ、すでに硬く屹立した欲望を摑み出した。

相手に熱く求められている証を目にすると、クラリスの膣壁は矢も楯もたまらないように強く戦慄いた。

「ほら、君のここは正直だ」

アルヴィンはクラリスのほっそりした両脚を抱え、大きくM字型に開脚させた。蜜口がぱっくりと開いてしまい、物欲しげに開閉を繰り返す様が相手に丸見えになった。

「欲しいものを好きなだけあげよう」

狙いを定めたアルヴィンが、ぐぐっと腰を押しつけてくる。

「ああーっ、あぁっ」

飢えて燃え上がった隘路をみっちり満たされ、傘の大きく開いたカリ首が疼く子宮口を突き上げると、一瞬で頭が真っ白になった。

「クラリス——」

アルヴィンはいつになく性急な動きで、がつがつと腰を打ちつけてくる。

「あっ、ああぁ、やあ、あっ」

頑丈なベッドが軋むほど激しく揺さぶられ、クラリスは全身を強くイキませ、間断なく襲ってくる喜悦を貪った。

ぎゅっと目を閉じ、アルヴィンの荒い息遣いを聞いていると、彼がこんなにも自分を求めてくれるというくるおしいほどの愛おしさが胸に溢れてくる。

「んぁ、あ、また……あぁ、また……あ、達く……っ」

深い愉悦が繰り返し襲い、クラリスは拘束された身体を波打たせて悶えた。

「もっとだ、もっと感じるんだ」

アルヴィンはクラリスの膝裏を持ち上げ、身体を二つ折りにして、より結合を深くした。

自分の膝が肩に当たるほど折り曲げられ、真上からがつがつと穿たれると、あまりの衝撃にくらくら目眩がする。

「やぁあ、そんなに……深く……あぁ、だめ、だめぇ、あぁっ」

瞼の裏に絶頂の火花が弾け、クラリスの意識は霞み、喘ぎすぎて喉が嗄れてくる。

「どうだ？　君を天国に連れて行けるのは、私だけだ——私の天使。こんな淫らに乱れる君を、誰にも渡しはしない——」

雄の嗜虐心と欲望を剥き出しにしたアルヴィンは、ベッドに半立ちになって全体重をかけてうねる蜜壺を穿ち続ける。

（ああ——おじさまの手放したくないのは、私？　それとも、婚約者の面影？）

陶酔に満たされ切った脳裏の隅で、クラリスは薄ぼんやりと思った。

彼のありったけの情熱を注がれているのが、自分自身なのか婚約者の幽霊なのか、判断ができなくなる。

本当は、自分は死んだ婚約者の亡霊なのかもしれない、とすら思う。

それならば、そのほうがずっといい。

アルヴィンが恋い焦がれてももはや手の届かない婚約者に成り代われるなら、いっそなりたい――。

「んあぁあ、あ、おじさま、もっと……あぁ、もっと、なにも考えたくない……おじさまだけで、満たして……っ」

雑念をすべて振り払いたくて、クラリスは艶かしい嬌声を上げながら、自ら腰を振りたくる。

「クラリス――私のクラリス」

アルヴィンは低くつぶやくと、深く繋がったまま体位を入れ替える。

クラリスを横抱きにする形にし、片脚を肩に担ぎ上げ、ずぶずぶと突き上げた。

「ひぁ、あ、だめ、あ、そこ、だめ……っ」

違う角度から攻め込まれ、クラリスは感じやすい部分を好き放題に蹂躙され、全身をがくがくと痙攣させた。

「君はここが弱い――さらに、こうすると――」

アルヴィンが片手で股間をまさぐり、鋭敏な花芯を濡れた指で押させて小刻みに揺さぶってきた。

「ひぅ……やぁあ、しないで、そこ、弄っちゃ、だめぇっ」

肉棒のもたらす重苦しい快感と、陰核に与えられる鋭い喜悦の応酬に、クラリスはもはや声を上げることもできず、ひいひいと浅い呼吸を繰り返し、数え切れないほどのエクスタシーを極めた。

一度激しく達した後、そこから降りることが許されないまま達し続けた。

意識が飛び、ただただ与えられる喜悦に溺(おぼ)れた。

やがて、アルヴィンがくるおしい息の中から激しく呻(うめ)く。

「ああ——クラリス、出すぞ——君の中に」

クラリスは返事をすることもできず、ただこくこくと繰り返しうなずいた。

どくん、と最奥(さいおう)で男の肉胴が震えると、熱くうねる濡れ襞が本能的にきゅーっと収斂(しゅうれん)し、彼の欲望を搾り取ろうとする。

「く——」

アルヴィンの動きが止まり、次の瞬間、彼は背後から強くクラリスの身体を抱きしめると、深い吐息と共に白濁(はくだく)の欲望を子宮口に吹き上げた。

「ひぁ……は、あぁ、あ、あぁぁ……」

灼熱の精が大量に注ぎ込まれるのを感じながら、クラリスはがくがくと腰を痙攣させて全身で強くイキんだ。

「クラリス——締まる——っ」

感じ切ったクラリスの膣襞の強い収斂に、押し出されそうになる欲望をねじ込み直し、アルヴィンは最後のひとしずくまで吐き出した。

「……はぁ、はっ……はぁあ……ぁ」

精も根も尽き、がくりと全身を弛緩させたクラリスは、身体の奥でまだぴくぴく脈動しているアルヴィンを感じながら、熱に浮かされたような眼差しで遠くを見つめる。その視界にはなにも映らない。

この一瞬だけ、世界は二人だけになる。

満たされ切った二人の、汗と体温と呼吸と脈動だけを感じている。

(このまま――一つに繋がったまま、死んでしまえればいいのに……)

媚悦の余韻を嚙みしめながら、クラリスはせつなく願うのだった。


その晩、アルヴィンは飽くことなく繰り返し、様々な体位でクラリスを抱いた。

いつになく激情の赴くままに抱きつぶされ、クラリスは数え切れないほど絶頂を極めた。

「私だけの天使」

アルヴィンは何度もその言葉をクラリスの耳孔に吹き込んだ。

甘い呪詛のように。

クラリスは堰が切れたような愉悦の波に翻弄されながら、アルヴィンが本当に求めているのが自分だったら、どんなに幸せだろうと思った。

夜明けまで抱かれ尽くし、すべてを奪い与えた二人は、絡み合ったままシーツの海に沈み、泥のように深い眠りに落ちた。


翌朝。

クラリスが目覚めると、もはや昼近い時間だった。

すでにアルヴィンは仕事に出ていった後だった。

メイドたちも部屋に現れなかったところをみると、クラリスを起こさないように、アルヴィンが配慮したようだ。

クラリスは軋む身体を起こした。

柔らかな乳房のあちこちに、昨夜の激情の名残の赤い痕(あと)が点々と残っていた。

アルヴィンは焼印でも押すかのように、クラリスの肌を幾度も強く吸い上げたのだ。

それはまるで、クラリスが彼の所有物であるという証のようだった。

クラリスはしばらくじっと淫らな痣(あざ)を見つめていた。

それから、意を決してベッドから降りた。

遅い朝食をすますと、クラリスはまだ気分がよくないとメイドたちに告げ、私室に閉じこもった。

机に向かい、クラリスは手紙を書きはじめる。

自分自身の心が混乱している今、クラリスは生まれて初めてアルヴィンから離れてみようと決心していた。

アルヴィンの身近にいては、結局彼の情愛に流されてしまうだけだ。

少し、距離と時間を置いて、気持ちを整理したかった。

だが、うまい言葉が考えつかず、何度も書きあぐねては、便箋を破り捨てた。

「敬愛なるおじさま。私は大人の貴婦人としてデビューした今、しばらく、おじさまから距離を取ってみようと思います。どう生きるべきか、少し考えたいのです。あなたへの尊敬と愛情は、永遠に変わりません。　あなたのクラリス」

やっと書き上げ、少し考えてから「あなたの」の部分に線を引いて消した。

(ほんとうの意味では、私はおじさまのクラリスでは、ないもの……)

胸がきりりと痛む。

側に置いた籠の中で、プリンスがクラリスの不安を察したのか、落ち着きなく囀っている。

「オジサマ、ダイスキ。オジサマ――」

「お黙り！」

思わず険しい声を出すと、プリンスはまん丸な目をこちらに向け、首を傾けてぼそりと鳴いた。

「オジサマヲ、アイシテイルノ」

クラリスは慌てて鳥籠に覆い布をかけてしまう。

いつの間に覚えたのだろう。

クラリスが部屋で人知れずつぶやいていた本心——。

クラリスはきゅっと唇を噛みしめ、手紙をアルヴィンの書斎の書き物机の上に置くと、簡単に手荷物を纏めた。使用人たちに見つからないようにして、裏口から屋敷を出た。

(しばらく、おばあさまと住んでいたあの屋敷に戻ろうか)

もはや朽ちかけた屋敷ではあるが、住めないことはないだろう。

後脚で砂をかけて出ていくような恩知らずな行動に、アルヴィンは落胆し怒るかもしれない。

でもいっそ、ひどい娘だと失望されたほうが気持ちが楽だった。

自分は、アルヴィンが渇望するクラリス・マッケンジーではない。

(私は私——おじさま、ごめんなさい。身代わりはいやなの)

クラリスは悄然として、通りに出て辻馬車を拾おうとした。

ふいに目の前の車道に、一台の馬車が停まった。

窓から顔を覗かせたのはジャックだった。

「クラリス、どこに行くの？　やっぱり家出を決意したんだね？」

「ジャック——」

ジャックはいつもの明るい笑顔で言う。

「昨日の今日だから、君があの屋敷を出ていくかもしれないって、君のことをうちの使用人に見張らせていたんだ。案の定だ。でも、行くあてがあるの？」

クラリスは小声で答える。

「昔、おばあさまと暮らしていた小さな屋敷があるから――」

ジャックが馬車のドアを開けた。

「そんな手入れのされていないところに行くことはないよ。僕らがこちらに引っ越してくる前に住んでいた、郊外の屋敷にかくまってあげるよ。そこなら管理人もいて、食事も掃除も行き届いている。しばらく、そこでほとぼりが冷めるまで休むといい」

クラリスはありがたい申し出に心が動いた。

「そうしてもらえると、助かるわ――しばらくだけ、滞在させてくれる？」

「もちろんさ」

クラリスはほっとして馬車に乗り込んだ。

馬車が走り出すと、向かいに座ったジャックがクラリスの顔を覗き込むようにして話しかけた。

「で――これから君はどうするの？」

クラリスはかすかに首を振った。

「わからないけど――働いて一人で生きていこうかと思うの」

ジャックがおどけた口調で言う。

「それくらいなら、僕と結婚すればいいのに」

クラリスは微笑んで受け流す。

「ううん――そんな簡単には決められないわ」

実際、クラリスは誰とも結婚する気持ちはなかった。

アルヴィン以外の男性と触れ合ったり暮らすことなど、想像もできない。

「そうか――」

ジャックはそれ以上言い募ってこなかった。

小一時間ほどで、首都郊外(コルディ)にあるホプキンス家の屋敷に到着した。彼の言う通り、管理が行き届いた綺麗な屋敷だ。

馬車から降りた二人は、ジャックの案内で屋敷の中に入った。

「管理人は離れで暮らしているから、君は気兼ねなく、この屋敷に住んでいていいんだよ。最上階が一番いい部屋だから、案内するよ」

ジャックはクラリスを最上階の三階に誘った。

「この奥の南向きの部屋が、君にいいんじゃないか」

案内された部屋は、確かに明るく意心地よさそうなしつらえだ。ただ、やけにけばけばしい装飾を施した大きなベッドが、不釣合いな感じだ。

「なにからなにまで、ありがとう。ジャック」

クラリスは窓際に行き、窓を開けようとした。

だが、なぜか窓はいくら押しても開かない。

「あら――窓が。建てつけが悪いのかしら……」

クラリスは口の中でつぶやき、戸口にいたジャックを振り返った。

ジャックは背を向けて黙ってドアを閉めていた。

それから、くるりと振り返る。

いつもの陽気な笑顔が消え去っている。

「いや。窓は外側から釘付けにさせたんだ」

「え？」

クラリスは意味がわからず首を傾ける。

ジャックは一歩前に進み出た。

「わからないの？　昨日のうちに、この屋敷を手配して、君をここに連れ込もうと計画を練っていたんだ」

クラリスははっと顔色を変えた。

「ジャック――？」

ジャックはおもむろに上着を脱いだ。

彼の目つきが変わっている。

「君にショックを与えて、うまいこと言いくるめてここに監禁するつもりだったけど、君のほうから家出してくれるとはね」

クラリスは心臓が早鐘を打ち出すのを感じた。

「ジャック、私、やっぱり帰るわ」

急ぎ足でドアに寄ろうとすると、さっとジャックが立ち塞がった。

「だから――君はここに閉じ込められるんだって言ったろう？」

クラリスはジャックの声に不穏（ふおん）な色を感じ、足がすくんだ。

「わ、私を閉じ込めて、どうするの？」

ジャックはシャツのボタンを外しはじめる。

「抱いてやるよ。朝も昼も夜も、君を犯し尽くす。はらむまで抱いてあげる。既成事実を作ってしまえば、君は僕のものだ。結婚を受けてくれなくてもいいさ。一生ここに監禁して、僕の愛人として可愛がってやってもいいんだ」

クラリスはぞっと背筋が凍りつき、後ずさりした。

「嘘——あなた、そんなひどい人じゃないわ！」

クラリスの言葉に、ジャックが苦笑した。

「恋に破れた男の逆恨みが、どんなに恐ろしいか、身をもって知るといいよ」

クラリスはジャックの好色な表情に震え上がった。

「やめて——お願い、ジャック……！」

じりじりとジャックが近づいてきて、クラリスは壁に追いつめられた。

彼の腕が伸びてくるのを振り払い、全身の力を込めて相手を突き飛ばして逃げようとした。

だが、やすやすと腕を捩じ上げられ、ベッドに突き倒されてしまった。

「きゃっ……」

ジャックはズボンの前を緩めながら、ベッドに上がってくる。

「怖がることはないよ。男に抱かれるのは初めてかな？　優しくしてあげるよ。それはそれは気持ちよくしてやるからさ」

「いやっ、触らないでっ」

スカートを捲られそうになり、クラリスは足をばたつかせて抵抗した。

「暴れると、少し痛い目をみるよ」

ジャックが凶暴な顔つきになった。

襟首を掴み上げられ、力任せにベッドに叩きつけられる。

「うっ——」

したたかに胸を打ち、一瞬息が詰まり気が遠くなった。

その隙に、ジャックが馬乗りになってのしかかってきた。

「や……めて、いや、いや……っ」

クラリスは咳き込みながら、最後の力を振り絞って弱々しく抵抗を試みた。

ふいにジャックが鳩尾を強く殴りつけた。

「ぐ——」

激痛に全身から力が抜け、意識が遠のいた。

ぐったりしたクラリスを、ジャックはほくそ笑んで見下ろす。

「諦めて、僕のものになるんだ」

スカートが腰までたくし上げられ、ドロワーズを引き降ろされる。

ジャックの手が、いやらしく太腿を撫で上げてくる。

「ああ思った以上に綺麗な肌だ——僕は今まで頭の中で、何度君を犯したことか」

クラリスは絶望感に目の前が真っ暗になる。

愛するアルヴィンの心は死んだ婚約者に奪われていて、友だちだと思っていたジャックに強姦(ごうかん)される――。

クラリスは残った力を振り絞り、叫んだ。

「やめて！　それ以上なにかしたら、舌を噛むわ！」

クラリスは思い切り舌を突き出すと、前歯でぎゅっと噛みしめようとした。口の中に血の味が広がる。

「なにをするっ！」

ジャックは青ざめて、クラリスの口の中に指を突っ込んだ。

「ぐっ……ごほごほっ……」

喉奥まで指を突き立てられ、クラリスはえずいて咳き込んだ。

「ばかなことをするんじゃない！　そんなまねをしたら、猿(さる)ぐつわを噛ませるぞ！」

ジャックは乱暴にクラリスを突き飛ばすと、さっとベッドから降りた。

クラリスはぜいぜいと息を荒くしながら、涙声を張り上げる。

「ほ、本気よ……私に指一本でも触れたら、舌を噛むわ。猿ぐつわをするというのなら、食事を一切しないで飢えて死んでやる」

嫋嫋(じょうじょう)としたクラリスからは、想像もできないような決意に満ちた目つきと言葉に、さすがのジャックもたじたじとなったようだ。

「わ、わかったから——死のうなどと短絡的なことを考えないでくれ。君の気持ちが落ち着くまで、時間を置こう。けっして悪いようにしないから、ね」

ジャックはおもねるような口調になり、ズボンを穿き直すとそそくさと部屋を出ていった。

ドアの外でがちゃりと鍵のかかる重々しい音がした。

「ああ——」

クラリスは深い息を吐いて身を起こした。

安堵で全身からどっと汗が噴き出す。

とりあえずは、難を逃れたのだ。

服装を直し、痛む身体を引き摺るようにしてベッドから降り、ドアに近づいてドアノブを回してみたが、鍵は強固なもののようでびくともしなかった。

クラリスはのろのろとベッドへ戻り、がっくりと腰を下ろした。

今日のところは危機を回避できた。

だがジャックは、容易に諦めそうにない。

ジャックにいいようにされるくらいなら、死を選ぶことも厭わない。だが、アルヴィンの知らないところでこんな形で死ぬとしたら、なんと惨めなことだろう。

クラリスは両手で顔を覆った。

やすやすとジャックを信じた自分の浅はかさを呪う。

思えば、プロポーズを断ったときから、ジャックはずっと恨みに思っていたのだろう。彼の求愛を拒んだのに、友だちとして付き合っていけると思い込んだ自分の思慮の甘さが、悔やまれた。

(私はずっと、おじさまの庇護のもとに、ぬくぬくと考えなしに暮らしてきたんだ)

アルヴィンの本心にも、ジャックの想いにもまったく気がつかなかった自分は、なんと世間知らずで人の心が思いやれない人間だったのだろう。

それどころか、アルヴィンの側で一生幸せに暮らしていけるなどと、本気で思い込んでいた。

人生の痛みや苦痛を初めて知り、打ちのめされ、クラリスは声を上げて泣き伏した。

どのくらい時間が経ったろうか。

泣き疲れ、ぐったりとクラリスが顔を起こしたときには、窓の外は日が落ち、灯りのない部屋の中は薄暗くなっていた。

クラリスはふらふらと立ち上がり、窓辺から外を覗いた。

庭に面しているのか、夕暮れに揺れる木立しか見えない。

クラリスは寂寥とした風景を凝視しながら、自分の心と真摯に向き合った。

生まれて初めてといっていいほど、真剣に自分の本心を探った。

(おじさまは、私を死んだ婚約者の身代わりに引き取って、育てた)

それでも――。

アルヴィンが好きだ。

アルヴィンが恋しい。

この胸に溢(あふ)れる熱い想いだけは、どうしようもない。

アルヴィンを想うだけで、全身に甘美な幸福感が満ちてくる。

こんな感情は、他の誰にも感じない。

クラリスはやっと気がついた。

(おじさまの心がよそに向けられていようといまいと、私がおじさまを愛している気持ちにはなんの変わりもない。私はどうして、おじさまに裏切られたなどと思い込んだのだろう。身寄りのない私を引き取り、大事に育ててくださり、溢れるほど慈しんでくださったのは、まぎれもない事実だ。もう、それだけで私は充分すぎるほどの愛情をもらっている――これ以上、私の気持ちまで受け入れてもらおうなどと考えるのは、僭越(せんえつ)なことなのだわ)

心の中のもやが晴れていく。

(人を愛する悦(よろこ)びと苦痛のすべてを教えてくださったおじさまに、感謝こそすれ恨むなんてありえない)

クラリスは決意を固めた。

(帰ろう。おじさまのもとへ。一生身代わりでもかまわない。それが、おじさまへのご恩返しになるのなら、私はそれで幸せだわ)

ふいに、ドアの鍵が外される音がした。

クラリスがはっと身構えると、火のついた燭台とシチューのボウルや水差しを乗せた盆を持ったジャックが入ってきた。

「クラリス。食事をするがいい」

クラリスは警戒して部屋の隅に身を寄せる。

ジャックは彼女が怯えていると思ったのか、テーブルの上に盆を置き安心させるように笑顔を作る。

「心配するなよ。もう無理強いはしないから——これから頼れるのは僕だけなんだから、いずれ君の気持ちも変わるだろう——愛しているよ、クラリス」

クラリスは冷ややかな声で答えた。

「愛している？　それなら、私を解放してちょうだい。ほんとうに愛しているのなら、その人のいやがることなどできないはずよ。ジャック、あなたは私を愛してなんかいないのよ。ただ、欲望に目が眩んでいるんだわ」

ジャックはわずかに目を見開いた。

「——ふん、なんとでも言えよ。こうなってしまったからには、あくまで思いを遂げるまでだ」

そう言い捨てて、彼は部屋を出ていった。再びドアに鍵が下りる。

クラリスは意固地な態度のジャックには、今はなにを言っても無駄だと悟る。

ため息をついて、テーブルの上の水差しから水を少しだけ飲んだ。

(逃げなければ、ここから――いつか私の気持ちが弱り切ってしまい、ジャックに無理矢理身体を奪われてしまう前に――)

クラリスは意を決して部屋の中を見回し、ベッドに近づいて真っ赤なシルクのシーツを剝がした。

料理用のフォークで四苦八苦してシーツに裂け目を入れ、両手に力を込めて引き裂く。ピリッと鋭い音がして、シーツが裂けた。

クラリスは裂いたシーツを結び合わせ、即席のロープを作った。

片手に燭台を持ち、ロープを抱えて窓際まで寄る。

蠟燭の炎を窓辺に近づけて調べると、窓ガラスは普通の厚みだとわかった。

(私にできるだろうか――でも、やるしかないわ)

クラリスはごくりと生唾を飲み込む。

窓ガラスを壊し、即席のロープを垂らして三階の部屋から脱出を試みようと思っていた。

自分のどこに、こんな思い切った気持ちが潜んでいたのだろう。

(愛が――おじさまへの愛が、私を強くしたんだ)

胸の奥が熱くなり、勇気が湧いてくる。

クラリスはテーブルに戻ると、椅子を引き摺って窓際に戻った。

重い木の椅子を必死で持ち上げ、渾身(こんしん)の力を振り絞り、窓に向けて投げつけた。

がしゃーん、とけたたましい音を立て、窓ガラスが粉々に飛び散り窓の木枠が砕けた。

クラリスはもう一度床に転がった椅子を掴み、窓に投げつける。

窓の木枠が外れ、暗い庭に落下していく。

(早く早く!)

クラリスはベッドの支柱に即席のロープを縛りつけると、窓の外に垂らした。

窓から身を乗り出して見下ろすと、ロープは地面に少し届かない長さだったが、あとは飛び降りるしかない。

非力な腕で自分の体重を支えられるか自信はなかったが、迷っている時間はない。

窓縁に足をかけようとしたとき、

「なんの音だ!」

血相を変えたジャックが部屋へ飛び込んできた。

彼は窓から逃げようとしているクラリスの姿を見ると、目の色を変えた。

「クラリス! 逃がさないぞっ」

クラリスは慌(あわ)ててロープを握って、窓際から飛び降りようとした。

しかし、一瞬早く――ジャックの腕がクラリスの後ろ髪をむんずと掴んだ。

「ああっ!?」

力任せに部屋に引き戻され、クラリスは悲鳴を上げて床に転がった。

ジャックは肩で息をし、恐ろしい形相(ぎょうそう)で睨(にら)んだ。

「よもや、おしとやかな君が、こんなことをするなんて――油断したな」

クラリスは頭皮の激痛と打ち身で、力を使い果たしてしまった気がした。

だが最後の力を振り絞り、よろよろと起き上がると、もう一度窓際に歩み寄ろうとした。

「逃がすか!」

ジャックがむきになって、乱暴にクラリスの腕を掴んで引き寄せる。

「いやっ、離して!」

クラリスは必死で抵抗した。

二人はしばらくもみ合った。だが、やはり男の力には勝てず、クラリスは再び突き飛ばされ、背中をしたたかテーブルの角に打ちつけてしまった。テーブルががたんと倒れた。

「っ――」

あまりの痛みに、クラリスは声を出せないまま床にうずくまる。

と、ふいにぱちぱちという音と共に、なにか焦(こ)げ臭い匂いがした。

クラリスがはっと顔を起こすと、テーブルの上の燭台が倒れた勢いで、蠟燭の火がテーブルクロスに燃え移っているのが見えた。

「あっ」

ジャックも驚愕した声を上げる。

火はたちまち大きく燃え上がり、テーブルクロス全体をあっという間に焼き尽くし、そのままウールの絨毯に燃え移った。

「火が――！」

それは一瞬の出来事だった。

クラリスとジャックの間に、天井まで届くほどの火柱が上がった。もうもうと黒煙が上がり、部屋の中の温度が一気に上昇した。

「きゃあああっ」

クラリスはドレスの端に火が燃え移ったのに気がつき、半狂乱で裾をばたばたと叩いて消し止める。

「ジ、ジャック、助けて……っ」

クラリスが顔を振り向けると、ドア口から部屋を逃げ出そうとしているジャックの姿が目に入った。

「ジャック!! お願い、助けて！」

クラリスは戦慄して、声を振り絞って彼を呼んだ。

ジャックは恐怖に引きつった顔を振り向け、震える声で答えた。

「だ、誰か——た、助けを呼んでくるから——ま、待っててくれ」

そのまま出ていってしまった彼の後ろ姿に、クラリスは悲痛な声を上げた。

「置いていかないで！　ジャック！」

追い縋ろうとしたが、燃え上がる火の手に行く手を阻まれ、立ちこめる煙を吸い込んで、激しく咳き込んでしまった。

「いやあ……待って……ジャック……」

煙が目に沁み、涙がぼろぼろこぼれた。

火は部屋中に回り、クラリスは火に取り囲まれてしまった。

クラリスは口を押さえ、なるべく煙を吸い込まないようにしながら、呆然と立ち尽くす。

助けを待つしかない。

だが、ジャックが呼んでくると言ったはずの助けは、いっこうに現れなかった。

おそらく、怖じ気づいた彼は一人で逃げ去ってしまったのだ。

「ああ……」

クラリスは絶望してへなへなと床に頽れた。

死の恐怖がひしひしと襲ってくる。

（私、ここで焼け死んでしまうの？　おじさまに二度と会うこともできず、このまま……）

それは死よりも恐ろしかった。

「いやあ！　死にたくない！　おじさま！　おじさまぁ！」

クラリスは絶叫した。

「今行くぞ！　クラリス！」

力強いバリトンの声が響いた。

クラリスは煙で腫(は)れた目を、必死で見開く。

黒煙に霞(かす)んで、ドアロに見覚えのある長身の男の影が見えた。

「お……じさま!?」

クラリスは我が目を疑う。

アルヴィンが殺気立った表情でそこに立っていた。

「すぐ助ける！　頭を低くし、スカートか袖で口元を覆いなさい」

クラリスが言われた通りにすると、アルヴィンは上着を脱いで頭から被り、燃え盛る炎の中に飛び込んできた。

クラリスは悲鳴を上げた。

「いけないっ、おじさま！」

アルヴィンが助けに現れたことは至上の喜びだったが、それより、彼が怪我をしたり命を失ったりすることのほうが、何十倍も恐ろしかった。

「だめっ、来ないで！」

泣きじゃくりながら叫んでいると、一陣の風のような速さでアルヴィンがこちらに飛び込んできた。

「怪我はないか!?」

アルヴィンの服はあちこちが焼け焦げ、右腕の辺りはかなりの火傷（やけど）を負っている。だが、彼は普段通り落ち着いた態度だ。

「ああ！　おじさま！　おじさま！」

クラリスはアルヴィンの胸にしがみつき、名前を連呼するだけで精一杯だった。彼は被っていた上着を脱ぎ、クラリスを頭から覆った。

「もうドア口から出るのは難しい。ここは三階だが、窓から君を抱いて飛び降りるしか――」

アルヴィンが苦渋（くじゅう）の声を出す。

クラリスははっと思いつく。

「お、おじさま。窓にロープが下がってます。あの、シーツで作ったものですけど、ないよりずっと……」

アルヴィンの表情が明るくなった。

「そうか！」

彼はクラリスを支えて窓際に寄った。

クラリスの作った即席のロープを手で確かめるように握った彼は、少し躊躇う。

「これで二人分の体重を支えられるか、不安だ。クラリス、君だけ先に逃げなさい」

クラリスはキッと顔を上げ、決意に満ちた表情で首を振った。

「いいえ！　逃げるのも死ぬのも、おじさまと一緒でなければいやです！　もう、二度とおじさまと離れたくないの！」

彼女の凄絶な覚悟を決めた表情を、アルヴィンは一瞬厳粛（げんしゅく）な眼差しで凝視した。

それから、いつもの穏（おだ）やかな表情になった。

「そうか――私も同じ気持ちだ。よし――私の首にしっかり両手を巻きつけるんだ」

そう言うや否（いな）や、アルヴィンはクラリスを横抱きにした。

クラリスはぎゅっと彼の首にしがみついた。

アルヴィンは左手でクラリスを抱え、右手でロープを握りしめる。

「いちかばちかだ。行くぞ！」

彼はひらりと窓際に飛び乗ると、そのまま身を躍らせた。

「っ!!」

刹那（せつな）、身体が宙に浮くような感覚に、クラリスは思わず目を瞑ってしまう。

がくんと動きが止まり、アルヴィンはクラリスを抱きかかえたまま力強くロープを握っている。

「降りるぞ」

アルヴィンが耳元で低くささやき、じりじりと二人の身体は下がっていく。

アルヴィンの胸元に顔を押しつけているクラリスは、彼の呼吸がふいごのように荒くなっているを感じた。無理もない、二人分の体重を片手で支えているのだ。

その上彼は右腕にひどい火傷を負っている。ロープを握るその腕が、小刻みに震えているのがわかった。

「おじさま……」

クラリスは気遣わしげに声をかけた。

「心配するな、もう二階まで降りた、あと少しだ」

アルヴィンが勇気づけるように笑う。

クラリスも少し安堵して、笑みを漏らそうとした。

そのときだ。

火の元の三階窓から、ごおっという音と共に、激しく火の粉が吹き出した。

おそらく、窓際のウールのカーテンに火がついたのだろう。

直後、ロープに火が燃え移り、あっという間に焼き切れそうになった。

ぐらりと二人の身体が傾いだ。

「ああっ、おじさまっ」

クラリスは怯えて悲鳴を上げる。

「クラリス！　顔を私の胸に押しつけて！」

アルヴィンが言うや否や、ロープがぷっつり焼き切れた。

「きゃああっ」

二人は真っ逆さまに落下した。

あっという間だったが、咄嗟にアルヴィンは体勢を入れ替え、クラリスを抱き込むようにして自分の背中から落ちた。

どすんという衝撃音。

恐怖とショックで、クラリスは一瞬気を失った。

だがすぐ意識が戻り、はっとして顔を上げる。

軽い打ち身はあるようだが、自分はほぼ無傷だ。

クラリスは、まだ自分をしっかり抱きしめているアルヴィンに声をかけた。

「おじさま……」

アルヴィンは目を閉じ、蒼白な顔をしている。

こめかみから一筋の血が流れ出していた。

クラリスはそっとアルヴィンの腕を振りほどいた。

ぐたりとアルヴィンの身体が地面に崩れた。

「おじさま――おじさま!?」

クラリスはぞっとして、思わず彼を揺さぶった。

アルヴィンはぴくりとも動かない。

クラリスは甲高い悲鳴を上げた。

「いやぁあ！　おじさま、おじさま、目を開けて！　おじさまぁーーっ」

その頃には、ジャックか近所の者が通報したのか、消防隊が駆けつけていた。

燃え上がる屋敷に向けて、馬車に乗せた消化ポンプの水が放出されている。

消防隊の男の誰かが、クラリスを背後から引き離した。

「お嬢さん、無事ですか？　すぐに病院へ」

クラリスは泣きじゃくりながら相手を振りほどこうとした。

「いや、いや！　おじさまと一緒にいるの！」

医療班らしい男たちが、アルヴィンの様子を素早く調べている。

「いかん。すぐに病院へ！」

医療班の男のひとりが切迫した声を上げ、アルヴィンは運ばれてきた担架に乗せられた。

クラリスはがむしゃらにもがき消防隊の男の腕から逃れ、担架に駆け寄った。

担架にしがみつき、あらん限りの力を振り絞り、アルヴィンの名前を呼ぶ。

「おじさま、しっかりして！　おじさま、おじさま！」

血の気の失せたアルヴィンの端整な顔は、すでに死人のごとく青白くなっていた。

クラリスの頭は恐怖と絶望で真っ黒に染まっていた。

刹那、ふうっと気が遠くなり、なにもわからなくなった。


目を覚ますと、馴染み深いベッドの天蓋が目に入った。

アッカーソン家の寝室だった。

身体は綺麗に清拭されており、新しい寝間着に着替えさせられていた。

「ああ！　お目覚めになった！　クラリスさま、ご気分はいかがですか？」

マリアを始めクラリス付きのメイドたちが、涙目でこちらを覗き込んでいる。

「私……？」

顔が腫れて目がまだ半分塞がった感じで、喉がひりひり焼けついている。

「旦那さまのおかげで、クラリスさまにはほとんど火傷も怪我もございません。それだけが、不幸中の幸いでした――」

マリアの言葉に、クラリスははっとして起き上がった。

「おじさまは!?　おじさまはご無事なの!?」

メイドたちが顔を曇らせて口を噤む。

クラリスは悪い予感に、頭がおかしくなりそうだった。

マリアの胸に取り縋り、揺さぶった。

「教えて！　おじさまはどこにおられるの？」

マリアは小声で答える。

「まだ王立病院にご入院中です——クラリスさまだけがご帰宅を許されて——」

ではアルヴィンの命は無事だったのだ。

最悪の事態は免れたと少しだけ胸を撫で下ろしたが、メイドたちの様子から予断を許さない容体であるとわかった。

クラリスはふらつく身体を引き摺るようにして、ベッドから降りた。

「病院に行きます、急いで着替えの支度をしてちょうだい」

「いけません！　安静にしているようにとの、お医者様のお言いつけです」

マリアたちが引き留めようとすると、クラリスは声を張り上げた。

「私なら大丈夫です！　一刻も早くおじさまに会いたいの！　急ぎなさい！」

クラリスの気迫に呑まれ、メイドたちは素早く支度を始めた。

取るものもとりあえず馬車に飛び乗り、クラリスは王立病院を目指した。

まだ頭がひどく痛み呼吸も苦しく、あちこち打ち身で歩くのにも一苦労だったが、アルヴインの無事な姿を見るまでは倒れることはできない、と自分を叱咤した。

病院にたどり着き、アルヴィンの病室に駆けつけると、ちょうど主治医らしい医師が部屋を出てくるところだった。

「先生――おじさまは……アッカーソン侯爵の容態はどうなのですか？」

クラリスの問いに、初老の医師は強ばった表情で答えた。

「命に別状はありません。ただ、後頭部を強打していて、今は意識が混濁します。打ち所が悪くなければ、徐々に正常に回復するでしょう。付き添いの看護士がおりますから、目覚めたらお知らせするよう言いつけておきます。ただ、右腕の火傷と負傷が思った以上にひどく、壊疽が進んでしまった場合……これは、お嬢さまは聞かないほうが――」

医師が語尾を濁した。

クラリスは心臓を強く掴まれたような胸苦しさに耐えながら、医師に迫った。

「どうなるのです？　はっきりおっしゃってください！」

医師は顔をうつむけて言う。

「右腕を損なう場合も、覚悟なさっておいてください――」

クラリスは鈍器で殴られたようなショックを受けた。

その場で頽れそうになり、力を振り絞って踏ん張っていた。

医師がその場を去ると、クラリスはがくりと廊下のベンチに倒れ込んだ。

「ああ……おじさま……！」

頭を抱えて膝に突っ伏した。

自分の考えなしの行動が、愛する人をこんなひどい目に遭わせてしまったのだ。

クラリスを助けようと、なにも躊躇うことなく火の海に飛び込んできたアルヴィンの勇姿を思い出す。

あのとき、アルヴィンはクラリスのために命を顧みることをしなかった。

（それほど、おじさまは私を大切に思ってくださっていたのだ——死んだ人の身代わりだなんて、ひがんで恨みがましくなっていた私は、なんて愚かだったの？　この世に、おじさまほど私のことを考えてくれる人がいるだろうか？　ばかな私。おじさまを信じ切れなかった、最低の私——）

後悔と自責の涙が溢れてくる。

唇を噛みしめ嗚咽を呑み込んでいると、そっと病室のドアが開き、付き添いの看護士が誰かを探すような顔で廊下を見渡し、クラリスに声をかけてきた。

「あの——クラリスさまとおっしゃる方は、あなたですか？」

「は、はい……」

「患者がずっとあなたの名前を呼んでいます。今、少しだけ容態が安定しましたから、急いで面会なさってください」

クラリスは弾かれたように立ち上がり、はやる気持ちを抑え足音を忍ばせて、病室に入った。

「十五分だけですよ」

看護士はそう言い置いて、病室の外に出た。

広く清潔な個室の、窓際のベッドの上にアルヴィンが横たわっていた。

頭に真っ白な包帯を巻いているのが痛々しい。

火傷した右手は、包帯で幾重にも巻かれ木のギプスで固定されていた。

いつも美麗で優雅なアルヴィンからはほど遠い無残な姿に、クラリスは胸が抉られる思いがした。

「……おじさま」

小声で名前を呼んで近づくと、アルヴィンはうっすら目を開けて天井を見つめていた。クラリスの声に、こちらに首を向け、かすかに笑みのようなものを浮かべる。

その変わらぬ優しい笑顔に、クラリスは心臓がきゅうっと締めつけられた。

「おいで、私の天使」

さすがに声にはいつもの張りがない。

「おじさま――」

クラリスはベッド際に膝をつき、アルヴィンの顔を覗き込んだ。

血の気が失せていたが、端整な顔は落ち着いている。

「よかった、君には怪我はないようだね」

「はい……おじさまのおかげです」

クラリスは、毛布の上に置かれたギプスと包帯でぐるぐる巻きになったアルヴィンの右手から目を逸(そ)らした。

「もっと早くに君を見つけられれば、こんなことにはならなかったのにな」

アルヴィンが口惜(くちお)しげにため息をついた。

クラリスは堪え切れず、涙をぽろぽろこぼした。

「ごめんなさい！　勝手に出ていってしまって！　ほんとうに、ごめんなさい！」

クラリスはシーツの上に顔を伏せ、肩を震わせた。

「まったく、私の小鳥はいつでも私をびっくりさせるよ。君の置き手紙を見たとき、私がどんなに我を失ったか、君は知りもしないだろうね」

クラリスは涙に濡れた顔を上げた。

アルヴィンは自嘲(じちょう)めいた笑みを浮かべ、続ける。

「全身の血が凍りつき、衝動的に机を蹴り倒してしまった——自分でも、こんなに取り乱すなんて思わなかったよ」

いつも沈着冷静なアルヴィンが、そのような粗暴な振る舞いをするなど想像もつかない。

「私はすぐに屋敷中の使用人を集め、君の行きそうなところをすべて探させた。もちろん隣家もね。そこの使用人から、甥のジャックが君の行動を見張らせていたこと。君を馬車に乗せていったということを、聞き出した。ジャックが君に懸想(けそう)していることは、薄々気づいていたからね。彼が思い余って危険な行動に出たのかもしれない、と勘が働いたんだ」

長くしゃべると疲れるのか、アルヴィンは言葉を切り、深くため息を吐いた。

「ジャックが前の屋敷の手入れをさせていたという話に、君を連れ込んだだろうとあたりを付け、駆けつけたんだ。そのときには、もう三階から火の手が上がっていた。玄関からジャックひとりだけが、ほうほうの体(てい)で逃げ出すのが見えた。私はもう、無我夢中で屋敷に飛び込んでいったんだ」

クラリスは感謝と後悔とで胸がいっぱいになり、ただ声を震わせて、

「ごめんなさい、ごめんなさい……」

と繰り返すばかりだった。

「火事の怪我がなくてなによりだが――」

アルヴィンが無事なほうの左手をそっと伸ばし、クラリスの頬を伝う涙を優しく拭(ぬぐ)う。

「ジャックにひどいことをされなかったか？」

こんなに重い怪我を負っているのに、アルヴィンがひたすらクラリスの心配ばかりすることに、嬉しくて悲しくて心が張り裂けてしまいそうだ。クラリスはただこくこくとうなずく

ことしかできなかった。嗚咽の中から、消え入りそうな声を振り絞る。

「お……じさまこそ、ひどいお怪我……私のせいで……ごめんなさい……」

アルヴィンは、真摯な眼差しでクラリスをじっと見る。

「かまうのものか。君のためなら、腕の一本や二本、惜しくもない」

もはや限界だった。

こんな深い情愛があるだろうか。

クラリスはわっと声を上げて号泣した。

強く抱きつきたいところをぐっと抑え、毛布の端をぎゅっと握りしめてさめざめ泣いた。

「おじさま、許して——私を許して……おじさまの気持ちを裏切るようなまねをして……あなたをこんな目に遭わせてしまった……」

アルヴィンが背中をそっと撫でてくれる。

「言ったろう。君のためなら、どんなことも耐えられる。私は——君を愛しているんだよ、クラリス」

クラリスは一瞬、自分は夢の中にいるのではないかと思った。

我が耳を疑い、おずおずと泣き濡れた顔を上げれば、この上なく甘くせつない表情をしたアルヴィンの顔が目の前にある。

クラリスはにわかには信じ難く、ぽそりとつぶやく。

「それは――娘として？」

アルヴィンが柔らかに微笑む。

「娘を、ベッドで熱く抱いたりしない」

恥ずかしさにかあっと頬が染まり、胸の鼓動が速まる。

「クラリス、ひとりの女性として、君を愛している」

今度溢れてきたのは、嬉し涙だった。

「お、おじさま……私、私も……」

今こんな状況で、告白していいものか考えている余裕はなかった。

「おじさまが好き――世界中の誰よりも、おじさまだけが好き。おじさまを、男性として愛しています」

アルヴィンが目を瞠り、息を深く吸った。

その瞬間、世界中から音も景色も消え、ただ見つめ合う二人だけがいた。

アルヴィンの左手が、ゆっくりクラリスの右手に重なり、ぎゅうっと強く握りしめた。

二人はどちらからともなく顔を寄せ、しっとりと唇を合わせた。

まるで神聖な儀式のように、長いことそうやって唇を重ね、やがて顔を離すと、アルヴィンが精も根も尽き果てたように、ぐたりとシーツに背中を沈めた。

「これで、もう思い残すことはない」

クラリスは狼狽する。

「いや、そんなこと言わないで。早く元気になってください」

アルヴィンは薄く瞼(まぶた)を閉じ、かすかにうなずく。

「ああ――もちろんだ――元気になって、君に言わなければならないことがあるんだ」

「え？　それは……？」

アルヴィンの顔を覗き込むと、彼は静かな寝息を立てはじめていた。

もはやすべての力を出し切った、安堵した表情だ。

クラリスはそっと握っていた手を離した。

「お休みなさい、おじさま。私、心を込めてお世話するから。早くお元気になって――」

不思議な充足感がクラリスの身体を満たしていた。

幼い頃からずっと、アルヴィンに守られ彼に庇護されて生きてきた。

だが、生死の境を共に経験し、男女の愛を告白し合った今、クラリスの胸の中に、アルヴィンを命をかけて守りたいという渇望が生まれていた。

(これからは、私もおじさまにこの命を捧げよう。おじさまが私に与えてくださった深い愛に応えられるよう、もっと強くなりたい……)

その日から、クラリスは毎日病院に通い、アルヴィンの看病をした。

食事の世話から身体の清拭まで、一手にクラリスが介助した。

その献身的な看護のせいか、アルヴィンは医者が驚くほどの速さで回復していった。

懸念された右腕も、辛くも壊疽を免れた。

——一月後。

アルヴィンの希望する身の回りのものを持って病室を訪れたクラリスは、彼が自力でベッドから半身を起こしているのに目を丸くした。

「まあ——おじさま、もう起き上がって大丈夫なの？」

クラリスは気遣わしげにベッドに歩み寄った。

「問題ない。目眩もしないし、右手もだいぶ動かせるようになったよ」

アルヴィンは穏やかに微笑み、クラリスの持ってきた荷物の入ったバッグに目をやった。

「荷物を持ってきてくれたね。私の机の引き出しの一番下にあった、古い手帳もあるかね？」

「はい。これです」

クラリスが、バッグから古い革張りの手帳を取り出し差し出すと、受け取ったアルヴィンは居住まいを正し、厳粛な声を出す。

「そこにお座り」

促されたクラリスは、ベッドの横の椅子に腰を下ろした。

「今から告白することは、君にとって不愉快な話になるかもしれない」

クラリスはきょとんとする。

「そんな——私、おじさまのことで、不愉快になることなどないわ」

アルヴィンの、入院で少しやつれてかえって凄みの増した美貌に、かすかに影が差す。

「そう言ってもらえると嬉しいが、聞いていて腹がたっても、隠さなくていい」

彼はおもむろに古い手帳を開き、中に挟んであった一葉の黄ばんだ写真を取り出した。それをクラリスに差し出す。

受け取ったクラリスはどきりと心臓を跳ねさせた。

クラリス・マッケンジーの肖像写真だ。

煙るような瞳でこちらを見つめている彼女は、セピア色に染まり、夢の中に沈んでいるように儚く見える。

「この人は？」

クラリスは、敢えて彼女のことを知らないふりをした。

アルヴィン自身の口から聞きたかったのだ。

「クラリス・マッケンジーという女性だ。十五年前に病気で死んでしまった、私の婚約者だった人だ」

覚悟をしていたが、アルヴィンの口からその名前が出ると、胸がかすかに痛んだ。

「そうなんですか――」

小声で答えると、アルヴィンが辛そうな口調になる。

「君と同じ名前、君そっくりのプラチナブロンド、透明な瞳を持った美しい人だった。私は――あの森で初めて君を見たとき、死んだ彼女の生まれ変わりかと思ったよ」

「――」

クラリスは黙ってアルヴィンの言葉を聞いていた。

彼は堰(せき)が切れたように、胸の内に隠していた秘密を打ち明ける。

「君に惹(ひ)かれた最初の理由は、死んだクラリスにそっくりだったからだ。君と会うと、心の傷が癒された。だから、身寄りのない君を引き取って、育てようと思った」

クラリスはせつない感情を押し殺し、言う。

「私は、死んだ人の身代わり、だったの？」

アルヴィンは、なにかに耐えるような苦渋の表情を一瞬浮かべた。それから、真摯な目でまっすぐクラリスを見つめたまま、答えた。

「最初は、そうだった」

クラリスは勇気を振り絞り、彼の視線を受け止めていた。

「だが、日ごとに君が成長していくうちに、私は気がついたのだ。君は君なんだと。死んだ彼女とはまったく違う人間だと。君は美しく生き生きと輝き、私の人生に眩(まぶ)しいくらいの彩(いろど)

りを与えてくれる。君はいつの間にか、私の中でかけがえのない、唯一の存在になっていたんだ。クラリス・ヘストン」

　クラリスの胸にもやもやしていた暗雲が、さーっと消え去っていく。

「クラリス・ヘストン……？　私、おじさまの養女になっていなかったの？」

　アルヴィンは首を振る。

「私は君の単なる後見人だ。私は君が成人し、一人前の貴婦人に育て上げるまで、ずっと見守り待つつもりだった。その日が来たら、君にすべてを打ち明け、私の本心をさらけ出そうと。そして、どう生きるかは、君自身に選んでもらおうと——」

　クラリスはその言葉に胸が詰まった。

「私が、選ぶ……？」

　アルヴィンの手が伸び、クラリスの手から写真を抜き取り、再び手帳に挟んだ。

「そうだ。私は君を愛している。私の妻になって欲しい。結婚する相手は、君以外考えられない。だが、君が私の話を聞き、不愉快に感じるのなら、それはそれでかまわない。君が私の屋敷を出ていきたいというのなら、止めはしない。全力で君の自立をサポートしよう。大人になった君は自由だ。好きに生きていいんだ」

　クラリスは誠実な告白に、鼻の奥がつんとして瞳が潤んだ。

「君の幸せは、君自身が決めるんだ」

クラリスは唇が震えてしまい、うまく言葉にならない。

「わ、私の幸せは、おじさまが幸せになることです。それ以外、なにも望まない」

「クラリス――」

今度はアルヴィンが言葉に詰まった。

「おじさまの幸せが、私の望み。おじさまの望みが、私の幸せです」

クラリスはそっと、アルヴィンのまだ包帯の巻かれた右手に触れた。

「愛しています。父親としてではなく、一人の男性としてずっと愛していました。それ以外の言葉を、私は持ちません」

アルヴィンの左手が、その上に重なる。

「結婚、してくれると？」

「はい」

「クラリス――愛している」

クラリスは胸の奥がしんと静寂に包まれるの感じた。

本当の幸福感というのは、こんなにも静謐で全身の隅々まで温かさが染み渡るようなものだったのだ。

そっとアルヴィンの顔が寄せられる。

クラリスは瞼を伏せる。

しっとりと唇が覆われる。

「ん……」

久しぶりの柔らかな感触に、背中がぞくぞく震えた。

アルヴィンの濡れた舌が口唇をなぞり、優しく押し開く。

「んんぅ、んん」

舌を捕らえられ、くちゅくちゅと擦られると、甘い痺れに全身の力が抜けていく。彼の唇がクラリスの舌を扱くように前後すると、舌の付け根がじーんと疼き、身体が淫らに火照ってくる。

これ以上はいけないと、アルヴィンの身体を気遣って彼から身を引こうとすると、そっと背中に手を回された。

アルヴィンの唇が、頬や顎を撫で、首筋を這い回る。

「あっ……ぁ」

びくんと身体が反応してしまう。

「や……ここは病室よ――」

首をいやいやと振って儚い抵抗を試みる。

「今日一日は、君とじっくり話すため人払いしたんだ。――ここで、欲しい。もう、我慢できない」

アルヴィンの声が欲望をはらんで低くなる。

彼の唇がドレスの胸元に降り、わずかに覗いた胸の谷間に口づけると、下肢が蕩けそうなほど感じ入ってしまう。

「でも……でも、お怪我が……お身体にさわります」

弱々しく言うと、アルヴィンが淫らな含み笑いを漏らす。

「大丈夫だ。やり方はいろいろある――君も私が欲しいだろう？　私に任せなさい」

クラリスは恥ずかしくて耳朶まで真っ赤になる。

アルヴィンは片手で器用にクラリスの胴衣のボタンを外した。

まろび出たまろやかな乳房と漆黒のコルセットを見て、アルヴィンは目を瞠る。

「これは――今でもこのコルセットをつけているのか？」

クラリスはこくんとうなずいた。

「恥ずかしいけど、マリアに頼んで手伝ってもらったの。私はおじさまだけのものですもの」

クラリスは、はにかみながら答える。

外気に触れた乳首がきゅうっと凝るのを感じる。

「綺麗だ――私だけのものだ」

アルヴィンがつぶやき、そっと乳首を口に含む。

「あ、あぁ、あ」

濡れた舌先で乳首を弾かれると、下腹部にちりちりと熱い疼きが生まれてくる。

アルヴィンは交互に乳首を吸い上げながら、左手でクラリスのうなじや背中をあやすように撫で回す。

しばらく触れられていなかった肉体は、あっという間に、猥りがましい欲望の火が燃え上がってしまう。下腹部が脈打って飢えてくる。

「んん、ふ、は……」

乳首への愛撫に背中を仰け反らして喘いでいると、おもむろにアルヴィンの手がスカートを捲り上げ、ドロワーズを引き下ろした。太腿を弄られ、股間に手が滑り込んでくると、すでに花唇ははしたないほど蜜を溜めてほころんでいた。

「もう、こんなに濡らして――」

アルヴィンがため息まじりに囁き、長い指がぬるりと陰唇を撫でた。

「はぁ、あ、ああっ」

陰核を掠めるようにして、濡れ襞に指を押し込まれると、それだけで下半身がびくびくと快感に震えた。

「花芽も物欲しげに膨れ上がっているね」

溢れる愛液をなすりつけるように、ひくつく秘玉を指で転がされると、身体の中心を鋭い喜悦が駆け抜け、腰が浮き上がった。

「あぁ、だめ、そこ……っ」

鋭敏なそこを執拗に何度もくりくりと弄られ、たまらない愉悦と疼きに、クラリスは身悶えた。

隘路の奥が満たして欲しくて、ひくひくと戦慄いた。

「んっ、あ、だめぇ、あぁ、だめぇっ」

熱い快感があっという間にせり上がってきて、クラリスはアルヴィンの両肩にぎゅっと爪を立てて、上りつめてしまった。

「はあっ、あ、あぁ……」

全身を強ばらせ、感じ入った涙が目尻に溜まる。

「もう達ってしまったね――可愛らしい感じやすい身体だ」

アルヴィンは愛おしげにその涙を吸い上げ、快感に小刻みに震える背中や脇腹を撫でさする。

「――私にも、触れてくれるか？」

耳元で熱い息を吹きかけながら、アルヴィンは毛布を捲り上げ、クラリスの右手を取って自分の股間に導いた。

寝間着越しにも、そこが硬く盛り上がっているのがわかる。

「ん……」

彼が下穿きを緩め、屹立しかけた欲望を取り出しクラリスに触れさせた。

「あ、熱い――」

ぴくぴく脈打つ肉胴をそっと手で包み、遠慮がちに擦ってみる。

「ああそうだ――いいよ」

アルヴィンが長い睫毛を伏せ、心地好さげにため息をついた。

彼への愛おしさが込み上げ、なんでもしてあげたい気持ちが膨れ上がる。

しばらくやわやわと肉幹を扱いていると、傘の張った先端部分から透明な先走り液がひっきりなしに噴き出し、クラリスの手を濡らした。

そのぬめりを借り、ぬちゅぬちゅと肉棒を擦り上げると、みるみる血流が増して硬く膨れ上がってきた。

「クラリス――舌を使ってくれるか？」

アルヴィンがせつない声を出し、手を伸ばして彼女の頭を下げさせるそぶりをした。

「あ……」

アルヴィンがなにを求めているのか理解し、クラリスはそろそろと彼の股間に顔を寄せた。

今までアルヴィンに秘部を口腔愛撫してもらい、数え切れないほどエクスタシーを感じさせてもらったが、彼がクラリスにそれを求めてくることはなかった。

きっと初心なクラリスの気持ちを慮ってくれたのだ。

だが今、アルヴィンは口での行為を求めてくる。

愛がさらに一歩深まった証であるようで、クラリスは全身に甘い陶酔が漲る。

禍々しいほど勃起した肉茎を目の当たりにしても、愛おしさが込み上げるばかりだ。

ただ、初めてでなにをどうすればよいか戸惑うが、なるべく心を込めて奉仕しようと決心する。

「んん……」

肉胴の根元に手を添え、そろそろと亀頭の先端を舐めてみる。

少し塩っぱいような雄の欲望の味がする。

鼻腔いっぱいにアルヴィンの淫猥な香りが広がり、かあっと全身が熱くなった。

「ふ、はぁ、ん、んんぅ」

先端からカリ首のくびれまで舌を這わせ、そのまま脈打つ肉胴に添ってゆっくり舐め下ろした。そしてそのまま舌を押しつけるようにして、上へなぞる。

「――ああ、いいね、そうだ」

頭の上でアルヴィンが感じ入った低い声を出す。

それに勇気を得て、クラリスは何度も舌を肉茎に這わせた。

「口に咥えてごらん」

優しく命令され、口唇を開いて亀頭をそっとしゃぶってみる。

「は、はぁふ、ふぅん」

先端の割れ目やくびれを口の中で舌で舐め回すと、ぴくりと屹立が震えて、アルヴィンが感じていることをクラリスに教える。

「ああ上手だ——唇を窄めて、もっと奥まで飲み込んで——歯を立てないように」

「……んん、は、はぁ、ふぅ」

言われるまま、太い肉胴を喉奥まで飲み込み、唇できゅうっと締めてみる。

鈴口がひくひく震え、滲み出た先走り液が口いっぱいに広がり、自分の唾液と混ざったそれが、口の端から溢れて滴る。

アルヴィンの手が頭を抱え、そっと押してくる。

「このまま頭を振ってごらん」

「か……く、うぅ、うっ、はぁっ」

頭を上下に振り立てると、硬い亀頭がぐりぐりと感じやすい口蓋を擦りつけ、妖しい気持ちが湧き上がってくる。

「ああ——たまらないよ、クラリス——とてもいい」

「ん、んぅ、は、はぁ……ん」

アルヴィンに「いい」とつぶやかれたとたん、下腹部にきーんと甘い痺れが走り、クラリスは口腔愛撫をしながら軽く達してしまう。

「……んぅ、はふぅ、ん、は、はぁ」

口の中の粘液を吸い上げながら、夢中になって頭を振り立てていると、酩酊したように脳裏が熱くなり、猥りがましい欲望が膨れ上がってきた。

子宮の奥が飢えて蠢き、自分も満たして欲しくてたまらなくなる。

「あ——クラリス」

アルヴィンが切羽詰まった声を出し、彼女の動きを手で制した。クラリスは潤んだ瞳で彼を見上げた。

「ありがとう——もう、これ以上は、我慢できない。おいで——」

クラリスはゆるゆると肉棒を吐き出し、身を起こした。

「このまま、私の上に跨って——」

「はい……」

もはやクラリスの媚肉も、一刻も早く満たして欲しくて苦しいほどだった。

ペチコートをたくし上げ、ベッドに上るとアルヴィンの下腹を跨ぐ格好になった。

「あ……」

一刻も早く一つになりたかったが、羞恥心がそれを阻んだ。

腰を浮かせたまま躊躇う。

「ゆっくり、腰を下ろしてごらん」

クラリスの心を見透かしたように、アルヴィンが声をかけた。

「でも……この格好……恥ずかしい……」

「君の乱れる顔をずっと見ていたいんだ」

欲望に震えるバリトンの声に、腰がじんと疼いた。

「ん——んん」

そろそろと腰を沈めると、熱く硬い亀頭の先がほころんだ花唇にぬるっと触れ、それだけで下肢が蕩けた。

「あ、あぁ、あ……」

そのまま腰を下ろしていくと、ずぶずぶと太い屹立が呑み込まれていく。

濡れ襞を押し広げて侵入してくる熱い塊の感触に、腰が嬉しげに揺れてしまう。

「は、あ、挿(はい)ってくる……おじさま……ぁ」

クラリスはアルヴィンの首に両手を回し、快感に喘いだ。

ここが病院であるという後ろめたさと裏腹な背徳的な悦楽に、いつもよりいっそう感じてしまう。

ぺたりと尻がアルヴィンの股間に付くまで下ろすと、目一杯貫かれている感覚に腰がぶるりと震える。

「ぁ……深い……」

今までになく深く子宮口まで抉られている感触に、思わず動きを止めてしまう。

「熱い——君の奥、ぴくぴく吸いついてくる」

アルヴィンも呼吸を乱し、クラリスの内壁の感触に酔いしれている。

「このまま、腰を上下に振って——好きに動いていいんだ」

耳元でそう誘われたが、あまりに深々と受け入れていて、動いただけで壊れてしまいそうな錯覚に陥る。

「や……怖い……奥が……」

声を震わせながらも、そろそろと腰を持ち上げ、再びゆっくり沈めた。

「はぁっ、あ、あぁっ」

硬い先端が、こつんこつんと子宮口をノックする感覚に、脳芯が真っ白に染まる。

「あ、当たる……あぁ、当たるのぉ」

意識が飛びそうな愉悦に、クラリスは必死でアルヴィンにしがみつき、腰を振り立てた。

溢れた互いの体液が、腰を打ち下ろすたびにぐちゅぬちゅと淫猥に弾け、羞恥が快感に拍車をかける。

感じ入るたび、きゅーっと隘路がイキみ、男の肉胴を絞り上げる。

「く——きつい、クラリス、いい、いいよ——キスを」

アルヴィンがなにかに耐えるような声を出し、クラリスの唇を求めてくる。

「あ、ふぁん、ん、んんぅ」

クラリスも夢中になって彼の唇を貪(むさぼ)る。

「は、はっ、はぁ、はぁあっ」

唾液を啜り舌をきつく絡めると、恥ずかしさが薄れていき、クラリスは次第に快感だけを求めて腰を振り立てた。

はじめは上下に動かすだけだったが、前後左右に押し回すようにすると、膨れた陰核が擦られて、心地好さが倍加する。

「んあん、あ、あぁ、よくて——よすぎて……」

何度も軽い絶頂を極め、クラリスは背中を仰け反らせて身悶えた。

感じ入っては白い喉を反らして嬌声を上げ、再び湧き上がる淫らな愉悦を逃そうと、夢中になってアルヴィンの舌を求める。

「あぁ、あ、おじさま、あ、だめ、あ、また……やぁっ」

「何度でも——好きなだけ達くがいい」

ふいに、アルヴィンのほうからずんと激しく腰を突き上げてきた。

「あきゃぁ、あ、だめ、壊れて……っ」

今までの快感が子ども騙しだったような、頭に真っ白な閃光(せんこう)が走るほどの衝撃だった。

太い肉楔が、喉元まで突き破ったかと思うほどだった。

「クラリス――壊れるがいい、もっと、もっと、自分を解放するんだ」

アルヴィンは自由なほうの手でクラリスの細腰を抱え、がつがつと腰を打ちつけてきた。

「ひぁ、あ、だめっ、おじさま、だめぇ、そんなに……っ」

クラリスはぐらぐらと全身を揺さぶられ、途切れ途切れに甲高い喘ぎ声を上げ続けた。

おかしくなりそうな愉悦が、子宮から脳髄までびりびりと駆け抜ける。

頭の中が快感で焼き切れ、理性が吹き飛んだ。

「はぁ、あぁ、おじさま、あぁ、もっと……もっとして……っ」

「クラリス――いいとも」

アルヴィンはさらに激しい律動で、クラリスを翻弄する。

「ひぃあ、あ、いっ、いいっ、あぁ、いいのぉっ」

クラリスは自らも腰をのたうたせ、アルヴィンの腰の動きに同調した。

もっともっと満たして――アルヴィンでいっぱいにして――。

「く――いい、クラリス、気持ちいいよ――君の中、素晴らしい――」

艶かしい声でアルヴィンが囁き、再び貪欲な口づけを求めてくる。

「はぁ、ふ、んんん、んんぅうん」

互いの唾液で口の周りがどろどろに濡れる。

「……ふぁ、あ、好き……おじさま、好き、あぁ、好き」

「私もだ、愛している、私の天使――私だけの天使」

二人はいっそう結合を深め、同じリズムで粘膜を擦り上げ、最後の高みへ向かって共に上っていく。

蠕動する媚肉を押し広げられ引き摺り出され、どうしようもない愉悦に身も心も溺れていく。

ほどなくクラリスは頭が真っ白に染まり、最奥がぐうっと強烈にアルヴィンの肉胴を絞り上げた。

「あぁあ、あ、達く、あ、もう、達くわ、あぁ、あぁあっ」

クラリスは仰け反りながらびくびくと腰を痙攣させた。

全身がぴーんと強ばり、息が詰まる。

「っ――私も――出すよ、クラリスっ」

アルヴィンが小刻みに腰を揺さぶり、ぐうっと亀頭が脈動し、どくどくと熱い飛沫が子宮口に吐き出される。

「あぁあ、あ、熱い……あ、ぁあぁ……」

極めた膣襞が、うねうねと蠢いて男の精を最後のひとしずくまで受け入れる。

「……は、はぁ、は……ぁあ……」

ほどなく呼吸が解き放たれ、身体が弛緩して汗がどっと吹き出た。

二人は互いの鼓動と息遣いを感じながら、しばらくじっと抱き合っていた。

「愛している——私だけものだ」

掠れた低い声が、耳孔に甘く響く。

クラリスはぎゅっと目を閉じ、幸福感にたゆたう。

「……愛しています……ずっとずっと……」

アルヴィンがふわりと顔を上げ、濡れた目でクラリスを見つめた。

「私のクラリス」

クラリスの澄んだ瞳から、幸せの涙がぽろりとこぼれ落ちた。

エピローグ

二ヶ月の後、アルヴィンは無事退院した。

ひどい火傷を負った右手は、日常生活に支障はないほどには動かせるようになったが、引きつれた痕が残ってしまった。

だがアルヴィンは、かえって誇らしげに言った。

「これは、命をかけて君を救った勲章のようなものだ」

クラリスは自分の気持ちを思いやってくれるアルヴィンの言葉に、この人を一生大事にしようと、心から誓い直すのだった。


屋敷にアルヴィンに付き添って帰宅したクラリスを、隣家のホプキンス夫人が出迎えた。

彼女は弟であるアルヴィンの退院を祝うと共に、クラリスに息子のジャックのしでかした不祥事を謝罪した。

「本当は、息子が直に謝罪に来るべきなのでしょうが、あなたに合わす顔がないというの。どうか、愚かな息子を許してやってください」

深々と頭を下げるホプキンス夫人に、クラリスは心を込めて言った。

「もういいんです。おじさまも私も無事でしたし——ジャックも思いつめていたんだと思うと、その気持ちに気づけなかった私もいけないんです」

ホプキンス夫人は涙ぐんで顔を上げた。

「ありがとう——優しい方ね。息子が夢中になってしまったのもわかる気がするわ」

「そのうち、ジャックとまた昔みたいにお話しできるよう願っています」

ホプキンス夫人は一瞬間を置き、言った。

「クラリスさん。ジャックは隣国に旅立ちました。あちらの大学に入り直して、医学の勉強をするというの」

「え？」

虚をつかれたようなクラリスに、ホプキンス夫人はかすかに微笑んだ。

「医者になって、アルヴィンの火傷を完全に治癒する方法を見つけ出したいそうよ」

「まあ——」

言葉を失ったクラリスの肩を、アルヴィンがそっと抱き寄せた。

「君には内緒にしていたが、入院中ジャックが私を訪ねてきて、心から謝罪していったんだ。医者になりたいという希望を、私も叶えてやるべく、学費を半分援助することにした」

「おじさま……」

クラリスはアルヴィンの懐の深さに、しみじみ心を打たれた。


数日後。

クラリスとアルヴィンは、二人でクラリス・マッケンジーの墓にお参りに行った。

「——もうひとりのクラリスさん、私たち結婚します」

クラリスは白い薔薇(ばら)の花束を墓に手向(たむ)け、祈りを捧げた。

ここに二人して墓参りに来たいと願ったのは、クラリスのほうだった。

かつてアルヴィンを愛し愛された女性の死を悼(いた)み、二人で新たな人生を始める報告をきちんとしたかったのだ。

「君の分まで、彼女を幸せにする。どうか私たちを祝福してくれ」

アルヴィンも静かに首を垂れた。

雲ひとつない晴天で、墓地は静謐(せいひつ)な空気に包まれている。

「——あの日、この墓地の帰りに、森で君に出会ったのは、もしかしたら亡きクラリスの導きだったのかもしれないな」

アルヴィンのしみじみした言葉に、クラリスもうなずく。

「そうよね、きっと。悲しみにくれているおじさまに、彼女が私を選んでくれたんだと、今は思えるの」

二人は愛情を込めて見つめ合う。

ふと、アルヴィンが咳払いして改まった声を出した。

「クラリス、一つだけ私からお願いしていいかい？」

クラリスは目を見開き、なにごとだろうと思う。

「ええ、おじさま？」

アルヴィンはわずかに目元を染め、言う。

「私はもう、君のおじさまではない。君の夫となるんだ。だから、どうか——名前で呼んでおくれ」

クラリスはぱっと頬を上気させた。

「わ、わかりました……」

なんだか緊張し、胸がどきどきした。

彼の顔をまっすぐ見つめ、生まれて初めて、愛しい人の名前を呼ぶ。

「アルヴィン……」

アルヴィンが長い睫毛を伏せ、その響きを楽しむような表情をした。

「もう一度——」

クラリスはそっと彼に近づき、その胸に顔を埋め繰り返す。

「アルヴィン、アルヴィン——愛しいひと」

逞しい腕が、きゅっと抱きしめてくる。

「私のクラリス」

「私のアルヴィン」

クラリスは胸いっぱいに溢れる愛情に、目も眩みそうな幸福を感じていた。

木漏れ日がきらきらと、抱き合う二人に祝福するように注いでいた。

終わり

あとがき

皆様、こんにちは。すずね凜です。

「不埒な寵愛」お楽しみいただけたでしょうか？

この話、まあいわゆる光源氏的なアレです。

年上のステキな男性が、見初めた女の子を大事に大事に、自分の好みに育てていくという、アレですね。

こういう愛情って、ちょっと親の愛に似ているところがあって、育てられるほうは案外気がつかないものです。生まれた時から寵愛されていると、それが当たり前になってしまうという――。

ヒロインも、なかなか自分の本心に気がつかなくてやきもきさせられます。

そこは懐の深いヒーロー、辛抱強く彼女の気持ちが育つまで待っていてくれます。

くーっ、うらやましいっ

自分で書いておいて、ヒロインが妬ましくなりましたわ。私なぞ、育てるどころかもう熟しすぎて、腐敗臭がそろそろ漂って……ごほんごほん。
まあでも、肉は腐りかけが美味いというしね（なんこっちゃ）
すずね、勇気ある殿方募集中でーす。
閑話休題。

今回、すばらしく色っぽいイラストを描いてくださったKRN先生にお礼申し上げます。おじさまがもうステキすぎて、ラフだけでご飯が何杯もいけるという美しさでした。

そして、毎回いろいろ細微に渡りアドバイスをくださる編集さんにも感謝します。いつも的確なご指摘をいただき、目からウロコがぼろぼろ落ちます。

最後に、読んでくださった皆様に、心からの愛を。

感想のお手紙をくださるかたもおられて、とても励みになります。

また、愛とロマンと官能にあふれた作品でお目にかかりましょう！

本作品は書き下ろしです

すずね凜先生、KRN先生へのお便り、
本作品に関するご意見、ご感想などは
〒101-8405
東京都千代田区三崎町2-18-11
二見書房　ハニー文庫
「不埒な寵愛～おじさまの腕は甘い囚われ～」係まで。

不埒な寵愛
～おじさまの腕は甘い囚われ～

【著者】すずね凜

【発行所】株式会社二見書房
東京都千代田区三崎町2-18-11
電話　03(3515)2311［営業］
　　　03(3515)2314［編集］
振替　00170-4-2639
【印刷】株式会社 堀内印刷所
【製本】株式会社 村上製本所

落丁・乱丁本はお取り替えいたします。
定価は、カバーに表示してあります。

ISBN978-4-576-16197-6

http://honey.futami.co.jp/

すずね凜の本

耽溺契約婚
〜ドS公爵の淫らなアトリエ〜

イラスト＝めろ見沢

公爵でありながら画家であるコンラッドのモデルになる代わりに彼と結婚し、
借金を肩代わりしてもらうことを決めたフェリシアだが…。